AF555684

lle Collection illustrée. L'ouvrage complet **95** centimes.

MARCELLE TINAYRE

HELLÉ

Calmann-Lévy, Éditeurs.

Hellé

Paris. — Imp. L. Pochy, 52, rue du Château. — 969-2-09.

MARCELLE TINAYRE

HELLÉ

ILLUSTRATIONS

DE

JORDIC

PARIS

CALMANN-LÉVY, ÉDITEURS

3, RUE AUBER, 3

I

Mon enfance apparaît dans ma mémoire comme ces paysages d'aube où quelques cimes, émergeant de la vapeur qui flotte sur les vallons et les plaines, semblent suspendues entre terre et ciel. Ainsi devant moi se lèvent confusément les images du passé, éparses, resplendissantes, à travers un brouillard d'aurore...

C'est une plaine de la France méridionale, un vaste horizon fermé par des coteaux. C'est une rivière qui roule des eaux jaunes entre des pâturages, des bruyères, des châtaigniers. C'est une ville toute en briques roses, dominée par un clocher roman. C'est la maison où j'ai vécu, orpheline, près de ma tante Angélie de Riveyrac et de son frère Sylvain.

Nous habitions, hors ville, sur la lisière des bois, un petit domaine qu'on appelait pompeusement : la Châtaigneraie.

La grille du jardin s'ouvrait pour le facteur, pour les métayers, pour les pauvres hères du grand chemin. Jamais les gens de la ville, bourgeois ou fonctionnaires, n'en franchissaient le seuil. Trois ou quatre fois l'an, mademoiselle de Riveyrac, en chapeau de dentelle noire, en châle de cachemire, louait une berline chez un voiturier des environs. Elle m'emmenait à plusieurs lieues, dans des châteaux délabrés, chez de vieilles parentes cérémonieuses que mon oncle appelait « les comtesses d'Escarbagnas ». Elles demandaient des nouvelles de M. Sylvain, citaient les alliances entre hobereaux du voisinage, et m'offraient une goutte de marasquin, des biscuits et des images religieuses que mon oncle brûlait au retour.

A Castillon, l'oncle Sylvain passait pour un original. Le clergé l'avait mis à l'index. Il n'entrait jamais dans aucune église ; il ne fréquentait aucun notable du pays, et certains disaient qu'il écrivait des ouvrages contre la sainte religion.

Par contre, les francs-maçons de la ville voyaient fort mal mademoiselle de Riveyrac, cette vieille fille noble, avare — prétendaient-ils — qui faisait bon accueil aux fermiers, tutoyait les domestiques et refusait de recevoir les commerçants enrichis, parce que, disait-elle, elle ne se commettait pas avec des *espèces*.

Nul écho de ces commérages ne vint jamais jusqu'à moi. Je me revois à cinq ou six ans. Mon univers est peuplé d'animaux familiers, de poupées que je berce, de fleurs naines que je cultive. Dans ma petite vie d'enfant, aussi complexe que la vie des hommes, aussi féconde en émotions, les tiroirs clos représentent le Mystère, les confitures, le Péché, la porte fermée du jardin ouvre sur l'Infini et l'Inconnu, et le disque argenté d'eau frémissante, aperçu parfois au fond du puits, sous un cercle de mousse humide, me donne la sensation du danger.

Sommes-nous riches ou pauvres? Je l'ignore. Mes désirs d'enfant sont comblés, et les camélias rouges plantés dans la laine verte du tapis, les bonnets grecs des lampes, la gaze des rideaux brochée de chimériques fleurs, me plaisent comme des signes d'opulence. Tante Angélie se tient ordinairement au premier étage, dans sa chambre meublée d'acajou ancien où le jour pâlit, tamisé par les mousselines, où la grande commode Empire, capharnaüm mystérieux, exhale un arome de lavande, d'éther et de chocolat. Il y a de tout dans cette commode : des dentelles jaunies, des bijoux d'aïeules, des liasses de vieilles lettres, des paroissiens fanés, dont la reliure noire sent la moisissure et l'encens.

Assise auprès de la fenêtre, tante Angélie raccommode le linge entassé dans un panier. L'embonpoint, qui déforme sa taille, a respecté les lignes pures et précises de son profil. Elle a le nez droit, la bouche mince, les sourcils à peine indiqués d'une impératrice latine, mais la mélancolie lamartinienne, grâce de sa jeunesse, alanguit encore ses yeux bleus. Des boucles encore brunes glissent de ses tempes à son cou.

— Va jouer, petite, me dit-elle. Et, surtout, pas de bruit dans le corridor !

Je descends à petits pas. Il ne faut pas déranger mon oncle qui travaille dans le vaste salon du rez-de-chaussée, interdit à tous. Cinq ou six fois peut-être, j'ai entrevu, par la porte entre-bâillée, des rayons chargés de livres, une grande table, un pupitre, un harmonium et deux bustes de plâtre blanc, dont les yeux sans prunelles m'effraient par leur regard intérieur.

Le travail mystérieux de mon oncle m'inspire de l'inquiétude et du respect. Je saurai plus tard que M. Sylvain de Riveyrac est un savant, un helléniste « distingué », comme disent les dictionnaires. Méprisant les titres, les fonctions, les Académies, il réalise au fond de sa province le rêve d'une vie fière, stoïque et paisible, consacrée aux lettres qu'il aime d'un fervent amour.

II

J'avais huit ans, quand ma tante s'ouvrit à son frère de ses projets sur mon éducation. Ne convenait-il pas de me mettre dans un pensionnat — si le couvent effrayait mon oncle — puisque M. de Riveyrac était trop occupé, mademoiselle Angélie trop souffrante, pour diriger mes études?

— Dans un pensionnat? s'écria mon oncle. Vous voulez mettre cette petite dans une de ces usines d'abêtissement où elle apprendra à rougir, à faire la révérence, à jouer d'ineptes musiques et à dissimuler sa pensée comme une coquette de trente ans? Je m'y oppose, par droit de tuteur. Hellé restera chez nous. Si notre frère m'avait laissé un garçon, celui-ci n'aurait pas d'autre précepteur que moi-même. A notre petite nièce, un minimum de connaissances suffira, à moins qu'elle ne révèle des aptitudes extraordinaires. Croyez-moi, Angélie, l'éducation doit former des êtres harmonieux. Les esprits sont pareils aux plantes sauvages qui cherchent d'elles-mêmes l'ombre et le soleil qui leur convient.

Il caressa mes cheveux, et une tristesse passa sur son beau visage, qui reproduisait avec une ampleur virile les traits corrects de mademoiselle Angélie.

— Ah! si tu étais un garçon, petite Hellé?

Il trahissait le secret chagrin de son existence : j'étais la dernière des Riveyrac. Avec moi, le nom devait disparaître. Tante Angélie conservait bien quelque orgueil nobiliaire, mais l'oncle Sylvain était inaccessible au préjugé. Il songeait seulement que mon sexe restreignait les pouvoirs de sa paternité spirituelle.

IL CARESSA MES CHEVEUX...

Mon oncle était né dix ans après le mariage de ma grand'mère, alors que cette femme, étroitement et passionnément religieuse, déplorait sa stérilité comme une malédiction. Persuadée qu'elle recevait de Dieu une grâce particulière, madame de Riveyrac, dans un transport de joie reconnaissante, avait voué au service de Dieu le fils tant désiré. La naissance de deux autres enfants n'avait pu modifier sa détermination, ma grand'mère croyant que le Seigneur la récompensait ainsi de son sacrifice. Mais, quand Sylvain de Riveyrac quitta le petit séminaire, il manifesta sa volonté de vivre dans la retraite et d'abandonner sa part d'héritage au frère qu'il chérissait. Mon aïeule, qui se réjouissait de le voir prêtre, puis évêque, ressentit un vif chagrin. Elle se consola en pensant que la bizarrerie de Sylvain — et son désintéressement — permettraient un meilleur établissement au jeune frère, mademoiselle Angélie de Riveyrac désirant ne point se marier. L'aîné des Riveyrac cloîtra sa vie dans l'étude et la méditation. Pendant vingt ans, les jalousies et les méchancetés de la petite ville expirèrent au seuil de son logis. Enfermé avec ses livres, parmi les moulages et les gravures qui reproduisaient ses chefs-d'œuvre préférés, il traduisait Aristote, commentait Lucrèce, sans souci des gloires officielles, satisfait seulement d'être en correspondance avec quelques illustres savants européens. La mort de mon père, mon arrivée à la Châtaigneraie, avaient été les seuls événements de son existence.

Mon oncle avait dépassé cinquante ans. Il commençait à moins aimer sa solitude, car cet homme sans faiblesse n'était point dépourvu de sensibilité. Tante Angélie, douce et bornée, avait embaumé sa vie d'une discrète amitié; mais, atteinte d'une grave maladie de cœur, elle pouvait disparaître. Et lui, à Castillon, n'avait point d'amis. A l'âge où l'homme, affranchi de l'amour, sent la joie et l'orgueil de la paternité, mon oncle eût rêvé de modeler une âme sur son grave et pur idéal. Femme, je lui échappais par ce qu'il appelait l'infirmité de mon intelligence, par la destinée que m'imposait la société. Mes grâces enfantines consolaient mal sa tendresse frustrée.

Tante Angélie m'indiqua les lettres du bout d'une aiguille à tricoter ; quelques semaines après, je savais lire. Bientôt l'alphabet puéril fut délaissé. Au hasard, passionnément, je lus tout ce qui me tombait sous la main.

J'avais vécu huit ans d'une vie inconsciente, sans accidents, presque sans souvenirs. Aucune maladie n'avait appauvri ma sève, éveillé la morbide nervosité qui rend effrayants les enfants précoces. J'avais l'âme heureuse et libre du petit faune, lâché à travers la nature, où se satisfaisaient tous ses instincts. Je pouvais grimper sans efforts jusqu'à la fourche des figuiers, sauter les fossés, courir, pendant des heures, nu-tête, sous la brûlante caresse du soleil. Mes épaules étaient larges, mes yeux d'un gris nuancé d'émeraude. Il y avait des reflets d'or dans la soie châtain tendre de mes cheveux. Partout on me regardait avec le plaisir que suscite la vue d'un enfant frais et robuste. Mais, ignorante des petites manières qu'on enseigne aux filles bien élevées, je ne savais ni sourire, ni répondre, ni montrer mon esprit, en récitant des phrases serinées à l'avance. Je ne faisais pas grand honneur à ma tante, et les « comtesses d'Escarbagnas » l'en blâmaient un peu.

Soudain, ce fut la seconde naissance, l'inoubliable initiation. Les livres, agrandissant mon univers, me révélèrent le monde du rêve. Les mots mêmes, par le hasard de leur assemblage, s'animèrent d'une vie que je ne soupçonnais pas. Ils furent la couleur, la musique, le parfum. Déjà sensible à la cadence des vers, à l'écho des rimes, je pressentis une beauté d'ordre inconnu, étrangère au sens même des phrases que je lisais, et dont certaines me semblaient si douces, avec leurs consonnes liquides et leurs syllabes féminines, que je les répétais tout haut, pour m'enchanter. J'avais découvert dans le grenier, un vieux volume de l'*Oydssée* et un tome de Lamartine, qui portaient sur leur reliure rouge cette inscription : « Lycée de X... » dans une couronne de laurier presque effacée. La médiocre traduction abondait en platitudes et en fausses élégances ; mais le charme divin du vieil Homère persistait dans les récits, naïfs comme des contes de nourrice, dans le retour des épithètes merveilleuses qui hantaient mon imagination. J'ignorais la géographie et l'histoire, et je n'étais pas même sûre que la Grèce existât ou eût existé. Pourtant je la parcourais, créant des cités fabuleuses, des grottes, des plages, des mers, où je plaçais mes héros familiers. A peine, aujourd'hui, puis-je reconstituer ce travail spontané de mon intelligence enfantine, qui ne me coûtait nul effort.

Pendant une année, je ne fis rien autre chose que de relire ces deux volumes, écrire, barbouiller quelques dessins. Parfois, je m'amusais à redire tout haut, sur un mode instinctif de mélopée, les vers qui me plaisaient davantage, ces grands vers lamartiniens que j'aimais pour leur cadence noble et leurs mélancoliques sonorités. Puis, peu à peu, je les modifiai, je les adaptai à mes sensations d'enfant; je répétai, à mon insu, pour exprimer ma joie devant la nature, les premiers balbutiements rythmiques de l'humanité. Qu'ils me semblent lointains, ces après-midi d'éclatant azur, où je ne voyais d'autres bornes à mon univers que les murs du

TANTE ANGÉLIE M'INDIQUA LES LETTRES...

jardin immense, patrie des fruits vermeils et des fleurs, décor unique dont le thème éternel subsistait en mes plus vagues imaginations. Sous le figuier aux feuilles veloutées, entre les bardanes énormes et les bourraches sauvages qui épanouissent des étoiles bleues sur leurs grosses tiges hérissées d'un duvet d'argent, la petite Hellé apparait dans mes souvenirs, laissant chanter son âme balbutiante...

C'EST LA QUE MON ONCLE ME SURPRIT...

C'est là que mon oncle me surprit un jour. Il m'écouta longtemps, caché entre les basses branches ; puis, quand je m'enfuis, toute confuse, il ramassa le livre oublié.

Le soir, après le repas, il me dit :

— Qui t'a donné ce livre, Hellé ?

— Personne, mon oncle. Je l'ai trouvé, il y a longtemps.

— Tu l'as lu?

— Oui, mon oncle.

— Peux-tu me raconter ce que tu as lu ?

Je mêlai les Sirènes aux Cyclopes, Nausicaa à Circé et le bon roi des Phéaciens aux méchants prétendants de Pénélope. Mon oncle m'écoutait avec une attention extrême. Enhardie, je lui récitai la première strophe du *Vallon*. Il parut troublé.

— C'est extraordinaire, en vérité ! dit-il à tante Angélie, qui redoutait une remontrance paternelle. Cette petite a le sens de la poésie. Je l'entendais chanter toute seule. L'assonance, la mesure, un essai de rythme, paraissent dans ses chansons d'enfant. Comment peut-elle se plaire à répéter des vers qu'elle ne comprend pas ? Et comme elle a su choisir, dans l'épopée homérique, les épisodes les plus caractéristiques !

Après deux ou trois expériences analogues, l'oncle Sylvain déclara qu'il se chargeait de mon éducation.

Pour M. de Riveyrac, mon enfance représentait exactement l'enfance de l'humanité. Au lieu de fatiguer avec des dates, des axiomes, d'inutiles détails, ma souple et docile mémoire, il suivit l'indication naturelle et m'instruisit par une habile série de leçons de choses, puis par la légende, par la poésie, par le chant.

DEBOUT DEVANT SON PUPITRE...

Peu nombreuses furent mes heures de travail, lecture, écriture, exercices de calcul et de dessin. Mon oncle ne me laissait jamais m'acharner contre les difficultés rebutantes, et, sans me donner la solution ou l'explication que je cherchais, il me mettait adroitement sur la voie. La plupart du temps, j'emportais mon livre au jardin ; mais, par les jours froids ou pluvieux, il m'était permis de m'installer dans un coin de la bibliothèque. Je revois encore la vaste pièce à boiseries brunes, où des livres, des livres et encore des livres couvraient les murs. Je n'ai pu oublier son atmosphère spéciale, l'odeur des reliures anciennes, la poussière accumulée sur les moulages. De chaque côté de la cheminée, deux bustes en plâtre, aux prunelles vides, représentaient Homère et Platon. Sur un panneau, entre les médaillons de Gœthe et de Schiller, il y avait un fragment des frises du Parthénon et une grande photographie d'après la fresque de Raphaël, l'*École d'Athènes*. Entre les deux fenêtres, une vitrine protégeait une petite Pallas en terre cuite, provenant des fouilles d'Olympie.

Debout devant son pupitre, mon oncle écrivait. Un reflet éclairait à revers son profil romain, les pointes de son col très haut, sanglé d'une cravate noire, ses cheveux gris ramenés en touffe sur le sommet du crâne. Dès que quatre heures avaient sonné, il posait la plume. Je mettais mon chapeau de paille et, soit à travers champs, soit au jardin, le long des espaliers, lourds de leurs trésors, je racontais ma lecture, que mon maître commentait.

L'oncle Sylvain haïssait l'éducation purement livresque des écoles, qui substitue des procédés de mnémotechnie à la réflexion, au raisonnement, à l'expérience. La nature lui semblait la première éducatrice de l'enfant, celle qui, par la révélation de ses lois, nous accoutume de bonne heure à considérer d'un œil pur et d'un cœur tranquille les phénomènes de la vie et de la mort. La merveille de la plante, sa structure, sa renaissance par la graine et le fruit, devaient me préparer à l'étude de l'animal et de l'homme, de telle sorte que, par des analogies peu à peu découvertes, je puisse arriver sans trouble à la connaissance de leur organisme et de leurs fonctions. Ces petites pudeurs des jeunes filles, ces demi-ignorances, ces curiosités mal réprimées, ces fausses ingénuités, que cultivent avec orgueil les familles et les institutrices, paraissaient ridicules et méprisables à M. de Riveyrac. Il ne croyait pas qu'il fût jamais bon de faire un mystère forcément impur de choses naturellement pures, et qui s'avilissent par l'idée vile qu'on s'en fait.

A l'étude de la nature, mon oncle adjoignit l'étude de l'histoire. Il divisa en trois périodes les années qu'il voulait consacrer à mon instruction, mesurant à la force de mon cerveau la qualité de l'aliment intellectuel. Lui-même se comparait à une mère qui fait peu à peu succéder au régime lacté du premier âge les nourritures végétales, puis les viandes fortifiantes et réparatrices. Je parcourus d'abord le cycle des légendes, ravie par les récits naïfs tirés de la Bible, d'Hérodote, de l'*Odyssée*, de l'*Éducation de Cyrus*. Plutarque me fut permis ensuite, avec les historiens proprement dits, et, vers la fin de mon adolescence, l'oncle Sylvain me fit connaître les principaux systèmes de philosophie et l'évolution des dogmes religieux.

Pour compléter mon éducation morale, commencée par la révélation des lois nécessaires de la nature, l'oncle Sylvain pratiqua la méthode socratique, afin de développer et de rectifier mon jugement. Il s'efforçait d'unir indissolublement dans ma pensée l'idée de la Beauté à l'idée de la vertu, et ne me disait point : « Ceci est mal », mais : « Ceci est laid », certain que le bien, comme le beau, est une harmonie. Mais il haïssait la morale conventionnelle, les mensonges sociaux, les préjugés. Il se considérait comme un vieux philosophe, chéri d'Athéné, déesse de la raison et de la mesure, et lui consacrant une vierge saine et sage, instruite par ses soins.

Une telle éducation ne comportait ni petits talents, ni gentillesses. Elle parut même, en disciplinant mon imagination, refréner ma sensibilité. Ma tante déplora de ne point trouver en moi, vers la quinzième année, ces émotions nerveuses, ces attendrissements qu'elle aimait comme l'indice d'une nature poétique. M. de Riveyrac dédaigna de lui expliquer que cette hâtive éclosion du sentiment, provoquée par la religiosité et le premier trouble des sens chez les précoces adolescentes de notre époque, n'est aucunement normale ni salutaire. Il réprimait l'exaltation qui eût déplacé les lignes de la statue qu'il taillait lentement, pareille à son idéal. Le jour où il surprit entre mes mains une *Vie de Sainte Catherine*, prêtée par ma tante, il entra dans une colère qui nous fit trembler.

— Que je ne trouve plus ici ces monstruosités barbares ! cria-t-il en jetant le livre par la fenêtre. Il ne manquerait plus que de voir Hellé porter des scapulaires, réciter des chapelets et croire aux démons. Une fille que j'ai élevée comme mon propre fils ! On voudrait en faire une sournoise, une abêtie, un gibier de confessionnal !

Ma tante n'osa plus me disputer à mon cher et terrible maître. Mais, sachant que je n'avais point fait ma première communion, les « comtesses d'Escarbagnas » cessèrent de nous voir.

Les années coulèrent, toutes pareilles. J'avais seize ans quand ma tante mourut.

III

Si nous n'avions pas eu notre servante Babette, nous nous serions trouvés, l'oncle et moi, dans un embarras terrible. J'étais beaucoup trop jeune encore pour diriger la maison, et, bien que j'eusse traduit les *Économiques*, je ne voyais aucun intérêt à ces détails de ménage dont Xénophon prenait souci. L'oncle Sylvain était l'homme le moins pratique qui fût au monde. J'ignorais la valeur de l'argent. Avec son autorité de vieille servante bourrue et fidèle, Babette intervint :

— Monsieur, dit-elle, il faut que vous donniez des vacances à mademoiselle Hellé. Comment fera-t-elle, quand elle aura un mari et des enfants, si elle ne sait ni coudre un bouton, ni faire cuire une côtelette? Elle se mariera, un jour...

— Peut-être...

— Comment, peut-être ? interrompit Babette d'un air indigné. Il y a assez de jeunes messieurs dans la ville...

— Ces crétins, ces idiots, ces ânes ! interrompit l'oncle Sylvain. Ah ! par exemple, je voudrais bien voir que ces animaux-là vinssent me demander Hellé !

— Eh ! monsieur, fit Babette, ne criez pas si fort. Si vous croyez que mademoiselle sera facile à marier !... Mademoiselle est gentille ; elle a du bien ; elle est *née*. Mais vous lui avez appris trop de jargons. Ça fera peur au monde.

NOTRE SERVANTE BABETTE...

L'oncle se prit à rire.

— Sois tranquille, Babette. J'ai mes projets.

Il me fut donc permis de m'occuper de la maison, sous la direction de Babette. Une année encore passa.

Octobre finissait. Mon oncle semblait plus méditatif que de coutume. Un jour, le facteur lui apporta une lettre qu'il parcourut avec satisfaction.

— Hellé, me dit-il, viens au jardin ; j'ai à te parler.

C'était un de ces après-midi d'automne où les vibrations atténuées de la lumière laissent aux couleurs une franchise inconnue dans les mois ardents. Les arbres mordus par les soleils d'été, les vergers frappés de rayons obliques, le ciel vaporeux semblent apparaître à travers un cristal teinté d'or. Ce jour-là, quelques poires meurtries pendaient au ras des espaliers ; les figuiers secouaient leurs figues violettes, qui tombaient dans l'herbe avec un bruit doux et montraient, en se fendant, une ligne de pulpe carminée. Au-dessus de nos têtes, aux arceaux des treilles rougies, la vigne suspendait des thyrses de raisin noir. Comme il avait plu pendant la nuit, une odeur amère montait des feuilles accumulées contre les bordures de buis humide.

Nous marchions entre les dahlias, qui dépliaient au soleil la gaufrure de leurs fraises jaunes. Mon oncle était triste. Il contemplait le jardin et la maison qui avaient borné ses mouvements et ses regards pendant que l'étude élargissait à l'infini le domaine idéal de ses songes. Et, la main posée sur mon épaule, il dit tout à coup :

— Il faudra quitter tout cela.

J'eus un geste de surprise. Il continua :

— Nous allons partir pour Paris, ma chère petite. Tu as dix-huit ans. Tu es presque une femme. N'es-tu pas, déjà, bien supérieure à tes aînées, espèce frivole au cerveau d'enfant, aux gentillesses de singe? Je ne regrette pas de m'être dévoué à toi, entièrement. En te voyant grandir et fleurir selon mes vœux, j'ai connu ce que le sentiment paternel a de plus doux et de plus rare. J'ai été ton père, ton maître, ton éducateur. Tu as pu croire, mon enfant, que j'étais égoïste en te gardant près de moi, en retranchant de ta vie les amusements familiers aux jeunes filles de ton âge. Je t'ai même assez brutalement reconquise sur ma pauvre sœur. Mais il fallait, pour achever mon œuvre, écarter de toi les contagions morbides, les puérilités mondaines, un mysticisme néfaste à la raison. Je t'ai modelée sur l'immortelle et gracieuse image d'Hypathie.

—Ah! m'écriai-je, je suis bien heureuse d'avoir trouvé un père tel que vous.

Il sourit.

— Pourtant, mon Hellé, je vieillis, et je n'atteindrai pas l'âge du Centaure, éducateur d'Achille, que je devrais prendre pour patron. Je tremble de te laisser seule ici. Les gens de ce pays sont des barbares. Ils ne comprennent ni l'ordre, ni la beauté, mais ils ont un sens grossier de la grâce qui te vaudrait l'injure de leur amour. Il faut partir, ma chère fille. Il faut que tu connaisses la vie et les hommes pour choisir ton compagnon. Je le sais, ma petite, tu ne tiens pas à grossir de ta dot les rentes d'un boutiquier. Il est probable que tu épouseras un homme pauvre. Encore faut-il qu'il soit digne de toi.

Je répondis :

— Mon oncle, je ne pense pas encore au mariage. Je suis très heureuse près de vous. Assurément, je n'épouserais pas

ET, LA MAIN POSÉE SUR MON ÉPAULE...

un homme médiocre. Vous m'avez rendue trop difficile. Un mari comme ce brave monsieur Bertin me déplairait.

M. Bertin était un cousin éloigné — cousin par alliance — qui avait passé quelques jours chez nous.

— Bertin n'est pas stupide, dit mon oncle. Beaucoup de gens estiment son esprit : l'esprit de calcul et de négoce. J'imagine que Bertin eût fait un excellent marchand, à Corinthe, un de ces armateurs qui trafiquaient avec les ports d'Orient et achetaient la pourpre, le miel, le vin de Samos et les esclaves musiciennes. Il est insinuant. Il persuade. Il mêle la courtoisie à la jovialité quand il souhaite placer ses pièces de vin. Il devrait avoir un petit Hermès sur sa porte. Mais cet homme ingénieux ne saurait te plaire. Les filles comme toi, Hellé, devraient être la récompense des héros.

— Y a-t-il encore des héros, mon oncle ?

— Oui certes ; mais, à notre laide époque, il faut savoir les découvrir. Ce que j'appelle le héros, Hellé, ce n'est ni le dompteur de monstres, ni le conquérant, ni même le grand savant, le grand artiste. C'est l'homme qui a su vivre d'une vie supérieure et, par le miracle du génie et de la vertu, créer en soi-même un demi-dieu. Il peut passer inaperçu dans la foule des médiocres; il peut être incompris et bafoué ; c'est à nous, c'est à toi qu'il appartient de le reconnaître. Si tu étais une femme vulgaire, je te dirais: « Épouse le premier venu, pourvu qu'il soit bon et fort. » Mais, dès ton enfance, j'ai deviné ta race et ta destinée.

Nous fîmes quelques pas en silence.

— Je ne prétends pas que tu fasses un sacrifice, reprit mon oncle. Je souhaite, au contraire, que tu accomplisses ta destinée. Toutes les femmes ne sont point nées pour les soins du ménage. De même qu'il y a des hommes de génie, il y a des femmes élues par la nature pour s'apparier à eux. Rarement ils se rencontrent : ils s'attendent, s'espèrent, se cherchent toujours, et, de déception en déception, ils traînent jusqu'à la mort leur désir et leur nostalgie. Mais quelquefois, passant l'un près de l'autre, ils se devinent, ils se reconnaissent, amants prédestinés ; ils s'unissent, et la beauté de leur amour demeure comme un exemple aux hommes. Crois-moi, Hellé, un mariage vulgaire, pourvu qu'il réunisse ce que le monde appelle des conditions de bonheur, — c'est-à-dire la fortune, la beauté, les titres, — pourra t'offrir quelque appât : garde-toi de te prendre à ce piège. Ce serait trahir à l'avance ton légitime possesseur. Le jour où tu seras en sa présence, tu sentiras une force irrésistible te pousser vers lui. Rappelle-toi mes paroles, petite fille, tu n'arriveras à l'amour que par l'admiration.

L'oncle Sylvain me quitta sur ces mots. Je demeurai toute pensive.

L'amour ! ce mot représentait pour moi quelque chose d'abstrait et de théorique. Ni mon cœur ni mes sens ne s'étaient éveillés. Mon oncle m'avait fait vivre dans un monde idéal où les mœurs et les hommes contemporains n'étaient que des mots mal définis et des ombres inconsistantes, tandis que le passé, avec ses dieux, ses arts, ses rêves, constituait pour moi la seule réalité. Jamais je n'avais ouvert un roman, lu un journal, écouté des confidences de jeunes filles. Au seuil de la jeunesse, j'étais pareille à une statue enveloppée de voiles blancs, vivante seulement par le front qui pense. Mon oncle avait développé mon intelligence, ma raison, ma mémoire ; il m'avait donné le sens de la justice et de la beauté. Mais jamais je n'avais touché la main d'un homme. Je n'imaginais pas ce que pouvait être l'amour.

Arrivée au fond du jardin, je montai quelques marches de pierre, et je me trouvai debout, les bras appuyés sur la crête du mur, dominant la plaine aux verts pâturages, rayée de longues zones brunes par le labeur automnal. Le soleil déclinait vers les coteaux dont les nobles lignes bleuâtres fondaient sous un poudroiement d'or. L'éclair d'un soc luisait dans la terre grasse. Parmi les bouquets de châtaigniers, çà et là, une ligne de saules frissonnants et pâles indiquait le lit d'un ruisseau. La petite ville était derrière moi, invisible, absente, oubliée.

Le soleil s'abaissait. Mes yeux, qui buvaient sa lumière, saluèrent son orbe empourpré. Aucun nuage ne voila la splendeur de sa face quand il toucha la cime des châtaigniers. J'entendis, dans le silence du soir, passer l'écho sonore de la poésie antique, et mon âme, toute païenne et virginale, tressaillit d'un religieux émoi. Je me sentis entourée de présages, et, le cœur gonflé, les bras tendus vers le ciel de gloire, je me crus promise à l'amour d'un héros.

IV

Mon oncle avait décidé de se fixer à Paris. J'obtins qu'il retardât notre départ de quelques semaines, car je désirais choisir les objets et les meubles que nous devions emporter. L'oncle Sylvain maugréa en se voyant abandonné des journées entières, mais je lui répondais en riant:

— Mon oncle, avez-vous oublié l'histoire d'Ischomaque et ses conseils à sa femme ? Je me souviens, moi, d'avoir expliqué Xénophon. La femme, dit-il doit être dans le logis comme la mère, abeille dans la ruche. Et il ajoute que les objets les plus vulgaires ont leur part de beauté quand ils sont bien rangés, « car ils sont la matière dont est faite la symétrie, qui est un commencement

LES BRAS APPUYÉS SUR LA CRÊTE DU MUR...

de beauté ». Je vous assure, mon oncle, que Xénophon eût aimé voir ces cuivres éclatants et ces fruits vermeils ainsi disposés sur les étagères. J'ai honte de ne pas savoir tailler une robe à mon goût. Ma couturière n'a pas le sentiment de la ligne, et elle vous fait dépenser un argent que vous emploieriez mieux à acheter ces nouvelles éditions allemandes des Tragiques grecs dont vous avez si grande envie. Tante Angélie n'osait pas m'instruire dans cette science économique que vous paraissez mépriser. Laissez-moi me préparer à mes tâches futures, au nom de Socrate, qui m'approuverait certainement.

Je savais qu'en flattant la manie de l'oncle Sylvain, je le rendrais favorable à ma fantaisie. Il se résigna.

Les matinées brumeuses, les soirées fraîches, annoncèrent la fin de l'automne. Le givre étincela au reflet des aubes rouges, dans le jardin sans fleurs. Nous devions partir le 3 novembre, après la fête des Morts. Mon oncle, ferme comme un vieux stoïcien devant la succession des phénomènes, ignorait le culte des tombes. Il fuyait le tertre entouré de buis, le marbre pesant sur les os désagrégés dans l'argile, car les ombres des défunts qu'il avait aimés vivaient dans sa mémoire une vie fixe et divine, affranchie des outrages du temps. Il s'enferma dans sa bibliothèque pendant que je faisais, avec Babette, le pèlerinage annuel au tombeau de mes parents.

BABETTE SE PROSTERNA...

Nous traversâmes l'enclos peuplé de croix noires et blanches et de mausolées qui m'attristaient par leur pompeuse laideur. Des femmes en deuil passaient ou s'agenouillaient ; d'autres disposaient sur les grilles des bouquets de chrysanthèmes et des couronnes en perles de verre. Par la porte entr'ouverte des chapelles, on voyait vaciller la flamme d'un cierge, jaune en plein jour et tremblante comme une petite âme.

Babette se prosterna sur la dalle qui portait le nom de mes parents et une inscription plus récente. Je ne m'attendrissais point sur le père et la mère que je n'avais pas connus. La perte de ma tante était mon seul vrai chagrin. Je l'avais pleurée sincèrement ; mais je comprenais que la disparition de mon oncle eût été pour moi le suprême malheur. D'autre part, l'oncle m'avait accoutumée à l'idée de la mort, que n'accompagnait pour moi aucune image effrayante. La mort... c'était un fait nécessaire, que je ne souhaitais certes point avant le temps normal, mais que j'eusse été capable d'accepter sans autre émotion que l'angoisse physique, la révolte d'Iphigénie pleurant la douce lumière. Je m'abandonnais avec confiance à la nature, qui détient le secret du néant ou de l'immortalité. Je savais que j'avais un rôle à jouer pendant un laps de temps qu'il ne m'appartenait point de déterminer, et tout l'effort de mon éducateur tendait à me préparer pour ce rôle. J'étais faite pour vivre la vie, et je considérais comme une folie contre nature l'ascétisme qui ordonne de vivre pour la mort.

Babette se releva :

— La pauvre demoiselle est au ciel, pour sûr, murmura-t-elle. A son bout de l'an, j'ai fait dire une messe, malgré monsieur Sylvain.

« Comment peut-on croire au ciel et au pouvoir des messes ? me demandai-je en revenant. Mon oncle dit que le christianisme a régné par terreur de la mort. Il a satisfait l'instinct des hommes qui ont la volonté obstinée de se croire immortels. Mais comment peut-on accepter ces dogmes obscurs et despotiques qui pèsent sur la raison comme un joug? Il faut qu'il y ait, dans cette religion, une grâce que j'ignore. »

Le lendemain, tandis qu'on descendait les malles, Babette ferma les volets de la maison. Nos chambres, l'appartement de tante Angélie, restaient intacts. Nous emportions seulement les livres et les meubles de la bibliothèque. Quand la grosse clef tourna dans la serrure, une angoisse étreignit mon cœur. J'embrassai d'un regard les allées, les murs, les arbres, la maison aveugle et muette, puis la voiture partit.

Dans les rues de la petite ville, les passants se retournaient avec un air de blâme et de curiosité. Babette pleurait dans son mouchoir à carreaux. Mon oncle, les bras croisés, ne disait rien. Nous suivîmes une route bordée de peupliers, qui conduisait à la station. La ville, une dernière fois, montra ses toits rouges, ses vergers, ses fumées obliques qu'une bise aigre inclinait vers le sud, puis un pli de colline me la déroba. L'express de Paris m'emporta vers la vie nouvelle.

V

Je m'éveillai le lendemain dans une chambre d'hôtel du quai des Tournelles. A peine habillée, j'ouvris ma fenêtre et je sortis sur le balcon.

Il était six heures du matin. Un brouillard pénétré de lumière, passant par les nuances les plus délicates du gris perle au gris d'azur, reculait à l'infini la perspective des quais, hérissée de dômes et d'aiguilles. Les façades de l'île Saint-Louis étaient presque roses. A droite, vers Bercy, la Seine élargissait sa nappe bleue couverte de péniches et de bateaux plats d'où l'on déchargeait du charbon, des sacs de grains, des paniers de pommes. Plus près elle se divisait, et ses eaux embrassaient la Cité dans leur glauque étreinte. Le chevet de la cathédrale, esquissé en des gris plus nets, développait ses arcs-boutants dominés par le clocher et les tours ; et plus haut encore, plus loin, l'or ciselé de la Sainte-Chapelle étincelait, touché par le soleil.

A PEINE HABILLÉE, J'OUVRIS MA FENÊTRE ET JE SORTIS SUR LE BALCON.

Ainsi m'apparaissait la ville, dans l'aurore, révélation d'une beauté que je ne soupçonnais pas, façonnée et enrichie par l s siècles, harmonieuse dans le contraste et la diversité. La vie n'était pas riante sous ce ciel changeant, dans cet air subtil, mais nerveuse, variée, ardente. Le cœur du monde battait là.

Il me sembla qu'à l'unisson battait tout doucement le mien, ce cœur paisible, assoupi jusqu'alors dans sa virginale indifférence. Et je me pris à rêver. N'était-ce pas un présage encore, cette fête de Paris matinal accueillant ma jeunesse ? A cette heure céleste où le jour d'automne naissait doux comme une aube de printemps, dans quelle rue de la cité, sous quel toit, misérable ou splendide, s'éveillait-il, l'amant promis à mes songes, le héros que je devais aimer ? Je l'imaginais jeune comme moi, pur comme moi, beau de force et de génie, armé de vertu virile pour la conquête de l'avenir. Quand donc le rencontrerais-je ? A quel signe mystérieux me reconnaîtrait-il ?

Je déjeunai avec mon oncle dans un petit salon tendu de vert, solennel ainsi qu'une salle d'académie.

Comme on servait le café, deux messieurs se firent annoncer. Ils avaient de longs cheveux d'un blanc sale, des mentons rasés, de grosses rosettes rouges, un air d'érudition, de candeur et de pauvreté. C'étaient Lampérier, l'helléniste, et Grosjean, le numismate, membres de l'Institut, qui, depuis vingt ans, correspondaient avec mon oncle et le voyaient aujourd'hui pour la première fois.

Derrière eux, un jeune homme arriva. Il semblait taillé dans un bloc de bois, mû par des ressorts automatiques. Sa tête imberbe, aux lignes dures, ne révélait aucun âge précis. Il portait des cheveux longs, rejetés en arrière et découvrant un front admirable. Toute sa personne me parut extraordinaire ; ses lunettes d'or, sa redingote qui ne faisait aucun pli, les angles que dessinaient ses gestes méthodiques comme des déductions. Mon oncle manifesta une vive joie :

— Monsieur Karl Walter, mademoiselle Hellé de Riveyrac, ma nièce.

Je restais stupéfaite, pendant que M. Walter me tendait la main : — Une ! deux ! — puis s'asseyait : — Un ! — avec une rectitude de mouvement qui rappelait l'exercice à la prussienne : Karl Walter ! J'avais lu, en allemand, ses ouvrages d'esthétique. Comment ce personnage, qui semblait échappé d'un conte d'Hoffmann, avait-il pu recréer la vie et l'âme de l'artiste grec, dans cet étrange roman philosophique : *Histoire d'Eucrate*, que j'avais tant admiré ?

Les deux vieux savants nous félicitèrent d'être venus à Paris, m'interrogèrent sur mes études et se plaignirent amèrement de la décadence des humanités dans les lycées. Karl Walter s'entretint en allemand avec mon oncle. Je compris qu'il allait accompagner une délégation de savants chargés de continuer les fouilles

DEUX MESSIEURS SE FIRENT ANNONCER.

d'Olympie. Tout à coup il se leva : — Un ! — tendit la main : — Une, deux ! — et sortit, suivit de près par l'helléniste et le numismate.

— Connaissez-vous beaucoup de monde à Paris ? demandai-je à l'oncle Sylvain.

— J'ai des amis que je n'ai jamais vus ; Lampérier et Grosjean sont du nombre. J'ai aussi quelques camarades de jeunesse qui font du journalisme ou qui écrivent des romans, des romans dits parisiens, hélas !... Mais ces gens-là, je les renie. D'autres sont très pauvres et inconnus : des maniaques comme moi, des rats de bibliothèques. Enfin il y a Charles Gérard, un historien, maître de conférences à l'École normale, et qui fut mon camarade au petit séminaire. Tu le connaîtras. C'est un homme érudit et intègre. Je l'aime beaucoup.

— Vous ne m'avez jamais parlé de lui.

— A quoi bon ? Ton imagination eût sottement travaillé. Maintenant que tu es une créature raisonnable, tu peux affronter les réceptions de madame Gérard, dans leur splendeur.

M. KARL WALTER.

— Monsieur Gérard est marié.

— Oui. Il a une femme qui passe pour belle et ne me plaît pas. Non qu'elle soit vraiment sans beauté, mais il lui manque la grâce décente, l'harmonie du geste et de la voix. Madame Gérard ressemble à une Orientale engraissée dans la paresse et les parfums. Mais cette personne majestueuse a d'inconcevables légèretés. C'est une grosse pie qui toujours bavarde et sautille. N'écoute point les conseils qu'elle ne manquera point de te donner. Belle ou non, une jeune fille doit s'envelopper de pudeur.

L'après-midi fut consacré à parcourir la ville. Sur le parvis Notre-Dame, l'oncle Sylvain fit arrêter la voiture. Bien qu'il m'eût parlé avec mépris du moyen âge, je sentis, en pénétrant dans la nef, qu'il y avait une beauté que je ne soupçonnais pas, dans le jet puissant des piliers, dans l'aube des voûtes, dans la merveille multicolore des vitraux.

— Sortons d'ici, dit l'oncle brusquement. Il fait froid, il fait noir. On respire, dans ces nefs gothiques, la nostalgie et l'épouvante de la mort.

— Vous êtes injuste ! dis-je, comme la voiture nous emportait. Voyez : cette cathédrale s'élève harmonieusement à la pointe de l'île. Elle perpétue l'effort et le rêve d'un millier de travailleurs. Toute nue et froide qu'elle est, elle me semble habitée par leurs âmes, si je ne sens point la présence d'un dieu. Ne craignez-vous point d'être trop absolu, mon oncle ? Renan, que vous m'avez fait lire, regrettait que le front d'Athéné ne pût comprendre, plus large, différents genres de beauté.

— Je hais le culte des chrétiens et leur morale, répondit-il. Par eux, l'inquiétude est entrée dans l'univers. Ne me parle pas de l'essor mystique de l'âme : rien n'est beau que la lumière, la mesure, l'harmonie et la vérité. Les gens qui ont bâti ces cathédrales ont introduit le squelette dans l'art. Partout ils voyaient grimacer la danse macabre. Ils ont réduit la vertu à n'être qu'un contrat sordide avec leur Dieu ; ils ont blasphémé l'amour stigmatisé la femme, et n'ont trouvé d'excuse à la maternité que la virginité féconde de Marie.

Il mit la tête à la portière, et cria :

— Cocher, arrêtez-vous au Louvre !

Dans la cour du Carrousel, il me fit descendre et me dit :

— Débarbouillons-nous l'esprit de tout ce gothique. Je vais t'apprendre où est la Beauté.

Il me conduisit à travers un dédale d'escaliers, jusqu'à la grande galerie des Antiques. Nous errâmes dans le silence et la fraîcheur des salles désertes, parmi les belles formes nues, parmi les canthares, les chapiteaux, les cénotaphes, les plaques votives qui racontaient la vie grecque dans la langue harmonieuse que je comprenais déjà. Enfin m'apparut la déesse de Milo, dans sa divinité intacte et sa forme mutilée, pure comme un beau vers de Sophocle. Et j'eus soudain la révélation du sublime plastique que les livres, les gravures, les moulages ne peuvent traduire exactement. Je sentis que je rentrais dans ma patrie. Ces dieux dressés autour de moi : Dianes aux courtes tuniques, Bacchus adolescents, Apollons de Thèbes ou de Délos, incarnaient des symboles familiers. J'étais presque leur contemporaine, nourrie du miel des ruches attiques sous le ciel gaulois. Mon âme, indignée comme eux de l'exil, cherchait sur leur marbre un reflet des pays de lumière.

Un mois plus tard, nous nous installions rue Palatine, dans un pavillon assez délabré, situé au fond d'un jardin. Nous succédions à Karl Walter, qui nous cédait le bail et une partie du mobilier. Il y avait au rez-de-chaussée un salon à trois fenêtres dont les boiseries blanches offraient des traces de dorures, une petite salle à manger, une vaste pièce qui servait de bibliothèque. Le premier étage se divisait en quatre chambres, sous un grenier mansardé. Effrayée par les hautes casernes trop neuves, j'aimai, pour sa vétusté même, ce lieu mélancolique et charmant. Le jardin s'étendait jusqu'à la rue Servandoni, clos de murs où grimpaient des lierres. Les tours de Saint-Sulpice fermaient l'horizon. Un jet d'eau fusait au centre de la pelouse, dans une coupe de pierre verdie par le lichen, et tout au fond, entre les charmilles, le vent qui agitait les feuilles faisait flotter l'ombre et la lumière sur une statue mutilée de l'Amour.

La disposition de la bibliothèque reproduisait exactement celle de la Châtaigneraie. La frise du Parthénon, les bustes, l'harmonium parurent reprendre leur ancienne place, et la Pallas d'Olympie, ôtée de sa vitrine, domina la haute cheminée de marbre noir.

Un ex-préfet du premier Empire avait meublé cette maison, achetée par lui à un émigré. Le salon, tout en lampas rouge fané, était somptueux et sévère. On y remarquait une belle pendule en bronze, un vaste secrétaire, un clavecin. Ma chambre semblait copiée sur une estampe, avec son lit de bois à colonnettes, ses deux bergères, son bonheur-du-jour, sa Psyché au cadre sculpté de nœuds et de guirlandes, ses tentures en perse camaïeu bleu et blanc.

Dans ce calme logis, à l'ombre des tours de Saint-Sulpice, je continuai ma vie studieuse de Castillon. Mon oncle avait attendu notre voyage à Paris pour me faire étudier l'histoire et la littérature contemporaines. Les monuments, les rues, les aspects de la ville furent l'illustration vivante de ses leçons. Je prolongeais avec un extrême plaisir ces causeries, ces promenades, et les lectures que je faisais dans le jardin, bercée par la rumeur de la cité invisible. Souvent Lampérier, Grosjean et Walter venaient prendre le thé. J'ouvrais alors le clavecin et je jouais des fugues de Bach, des airs de Gluck, accompagnée par mon oncle, qui se souvenait d'avoir appris la flûte et le violon. Je n'éprouvais aucun désir de nouveauté ni d'aventure, et ce fut sans enthousiasme que, pour un bal de madame Gérard, je commandai ma première toilette de soirée

VI

Mon oncle était trop sévère pour madame Gérard. Cette grosse personne au savait pas faire le bien. Elle était parfaitement médiocre, pour le plus grand bonheur de M. Charles Gérard, son mari. Une femme qui est vraiment une « personne » oblige son mari à s'occuper d'elle, pour le blâme ou pour l'éloge. Il arrive même qu'elle empiète sur la part de vie que ce mari a réservée aux lettres, à la politique, aux affaires ou au plaisir. Madame Charles Gérard bavardait et s'agitait au second plan de la vie de Charles Gérard. Il

bavardage affligeant, avait tous les défauts et pas un vice. M. de Riveyrac l'eût trouvée plus intéressante si elle avait eu tous les vices et pas un défaut. La coquetterie de madame Gérard était sans arrière-pensée ; ses médisances égratignaient à peine ; ses petits mensonges de vanité faisaient sourire. Madame Gérard était incapable de faire le mal et ne

ENFIN M'APPARUT LA DÉESSE DE MILO.

s'était accoutumé à elle comme on s'habitue au bruit incessant et toujours pareil d'une machine derrière un mur.

CE FUT SANS ENTHOUSIASME QUE JE COMMANDAI MA PREMIÈRE TOILETTE DE SOIRÉE.

Leur salon était fréquenté surtout par des collègues de Gérard, des professeurs sans fortune qui avaient des filles à marier, des hommes de lettres, des académiciens, quelques politiques et de jeunes universitaires ambitieux en quête de protections et de dispenses. Tous les quinze jours, le jeudi, madame Gérard offrait un thé; deux bals, quatre dîners de cérémonie constituaient les grandes réceptions.

J'avais paru à ces petites soirées du jeudi, quelques semaines après mon arrivée. Je me sentais assez de tact et de prudence pour deviner ce que la vie de province et les années d'études ne pouvaient m'avoir appris. Je résolus de parler peu et de garder une contenance modeste sans fausse timidité. Madame Gérard, qui m'avait chaleureusement accueillie à une première visite, avait raconté partout mon histoire, arrangée et défigurée, si bien que j'obtins, dès le premier soir, un succès de curiosité qui se manifesta par le silence. On attendait une nouvelle Staël, une demoiselle Dacier, une savante au bagout de conférencière. On vit entrer une jeune fille blonde vêtue de crêpe blanc, sans un bijou, sans une fleur. La déception de la société s'exprima par des sourires compatissants. « Est-ce là, semblait-on dire, le phénomène annoncé! » Je sentis que les jeunes filles désiraient ardemment me trouver laide, et que les jeunes gens eussent été ravis de me déclarer pédante. Seule, une précieuse demoiselle, une licenciée à lorgnon, à corsage plat, dont la Sorbonne absorbait tous les rêves, m'honora de son entretien. Madame Gérard avait dû lui vanter mon érudition dans un langage emphatique, et la demoiselle, piquée au jeu, voulait prouver sa supériorité. A peine avait-elle engagé la conversation, d'une manière propre à nous couvrir de ridicule, que ma réserve la déconcerta. Mais l'effet redouté s'était produit, et la compagnie me considérait avec méfiance.

J'aurais aimé causer avec ces jeunes filles de mon âge, qui m'apparaissaient pour la première fois. Je devinais en elles des êtres inachevés, demi-conscients ; et pourtant elles avaient parcouru un cycle de sentiments qui m'était fermé encore. J'avais vécu hors de mon siècle, contemporaine des morts qui n'ont plus d'âge ni de patrie, et voici que je naissais à la vie sociale où m'avaient précédée ces enfants ignorantes, vêtues de rose et d'azur. Elles représentaient l'ébauche de la femme moderne. Dans les salons familiers, sous l'œil des mères, elles s'essayaient à la lutte pour l'amour; on leur avait enseigné la séduction, la prudence, la coquetterie permise, les périls cachés, et moi j'étais pareille à une Pallas d'ivoire, vivant un songe éternel sur un fixe piédestal.

Après quelques semaines, je n'excitai plus ni curiosité ni réprobation. Les uns m'accusèrent d'orgueil, les autres de timidité excessive. On me traita avec une bienveillance indifférente. Quelques jeunes gens, me trouvant jolie, esquissèrent une sorte de cour.

A les bien observer, je reconnus qu'ils étaient intelligents et instruits ; mais tous révélaient une déformation professionnelle. Je vis des professeurs, des médecins, des avocats ; je ne découvris pas un homme. La société les avait façonnés pour un emploi particulier ; le métier était devenu leur seconde nature, et leur intelligence même, spécialisée à l'excès, semblait démesurée et atrophiée à la fois, par défaut de proportion et d'équilibre. Ceci m'expliqua la mesquinerie de leurs idées, l'erreur de leur ju-

ON VIT ENTRER UNE JEUNE FILLE...

gement, lorsqu'ils se hasardaient hors du domaine acquis à leur compétence, et je compris pourquoi mon oncle attachait un si grand prix à ce qu'il appelait l'éducation harmonieuse.

J'avais l'inexpérience des enfants ; j'avais aussi leur rigoureuse logique et leur clairvoyance impitoyable. Je m'étonnais de tout, des gens et des choses, des gens surtout, dont nul encore ne s'était imposé à moi par le prestige du vrai talent ou par l'indéfinissable charme qui échappe à l'analyse.

Une douceur nouvelle entra dans ma vie avec l'amitié d'une femme.

Dans l'espèce d'isolement où je m'étais trouvée, à mes débuts, chez madame Gérard, j'avais remarqué les cheveux blancs, les yeux bleu tendre, le pur profil de madame Marboy. Elle me rappelait tante Angélie. Un soir, j'osai me rapprocher d'elle et lui parler de cette ressemblance. Elle répondit du ton le plus affectueux :

— Je suis charmée de ce hasard, mademoiselle, et je souhaite qu'il soit de bon augure, car je désirerais vous connaître, vous qui m'intéressez si vivement.

— A quel point de vue, madame ? demandai-je.

— L'ensemble seul de votre physionomie m'eût obligée à l'attention. Je ne vous connais pas assez pour vous juger autrement que sur la foi de votre visage ; mais vos yeux me plaisent. Ils disent que vous êtes bonne, intelligente et loyale. En vous regardant, j'ai envie de vous embrasser. Je n'ai pas d'enfants, mademoiselle, et j'aurais souhaité une fille qui vous ressemblât.

— Je vous remercie de votre sympathie, madame. Jamais personne ne m'a parlé ainsi.

— Vraiment ?

— Mon oncle m'aime plus que tout au monde ; mais il n'a ni le loisir, ni le désir, de me traiter en enfant.

En peu de mots je racontai mon existence. Madame Marboy me regarda avec une surprise mêlée de pitié :

— Et vous n'avez jamais senti le vide de votre cœur ? L'étude suffisait à remplir votre vie ?

— Oui, madame. Mais en causant avec vous, je commence à comprendre la douceur de la sympathie.

— Vous êtes exquise, dit-elle en me prenant la main. Vous viendrez me voir, n'est-ce pas ?

— J'en serais très heureuse, madame.

Je fis part à mon oncle de cet entretien. Il me dit :

— Certes, tu peux aller chez madame Marboy. Cette aimable vieille t'enseignera les us et coutumes du monde et ne gâtera ni ton esprit ni ton cœur. Je préfère sa société à celle de madame Gérard ou à celle d'une pécore de vingt ans. Mais on dansait ce soir ? Pourquoi ne danses-tu pas ?

— Je ne sais pas danser, mon oncle.

— C'est vrai... Veux-tu prendre des leçons ? Un imbécile en habit noir, tout en raclant du violon, t'apprendra à former des pas et à compter des temps.

Je fis un geste d'horreur.

— Tu n'y tiens pas ? Tu as raison. La danse moderne est ridicule et obscène souvent.

— Obscène ?

Il ne répondit pas. Après un silence :

— J'ai bien remarqué qu'on ne t'apprécie pas comme tu le mérites. Parbleu ! les oies s'étonnent devant les cygnes. Que cela ne t'inquiète pas pour l'avenir.

Le lundi suivant, mon oncle me conduisit chez madame Marboy.

— Madame, dit-il, ma nièce m'a fait partager son vif désir de vous connaître mieux. Je ne l'ai jamais confiée à qui que ce fût, mais elle ne saurait trouver une tutelle plus charmante et plus bienveillante que la vôtre.

— Embrassez-moi, mademoiselle Hellé, dit la vieille dame avec cette grâce souveraine à laquelle mon oncle lui-même n'avait pu échapper. Je sens que votre âme est pareille à votre visage, et j'aime votre beauté.

— Vous trouverez Hellé fort ignorante de beaucoup de choses, reprit M. de Riveyrac. C'est moi qui l'ai faite ainsi.

J'ai voulu former une créature exceptionnelle qui ne fût pas un monstre moral. Je crois avoir réussi. Je ne lui ai jamais rien caché, et jamais elle n'a menti. Elle a le cerveau d'un homme et le cœur d'une vierge. Vous l'aimerez. Et l'œuvre de toute ma vie sera achevée par vous.

— Ne craignez-vous pas que je la défigure ? fit ma vieille amie en riant. Je connais vos opinions et vos idées, et il en est peu que je comprenne ou que je partage. Je suis une femme qui a eu toutes les superstitions, toutes les faiblesses de son sexe, une créature nerveuse et tendre, sensible aux idées moins qu'aux sentiments. Je me plais dans les églises, je lis des romans ; la poésie me fait pleurer, et, toute vieille que je suis, je m'émeus au spectacle des amours sincères. Vous voyez, cher monsieur, que je vous découvre, avec loyauté, la médiocrité de ma condition intellectuelle.

— Vous oubliez, parmi v s défauts, la malice et la douce ironie, répliqua l'oncle Sylvain. Et, croyez-vous donc, madame, que je prétende réduire cette belle jeune fille à l'état de mademoiselle Dupont, l'insupportable licenciée ? Il y a cent espèces de femmes ; Hellé représente l'espèce la plus rare, la plus ex-

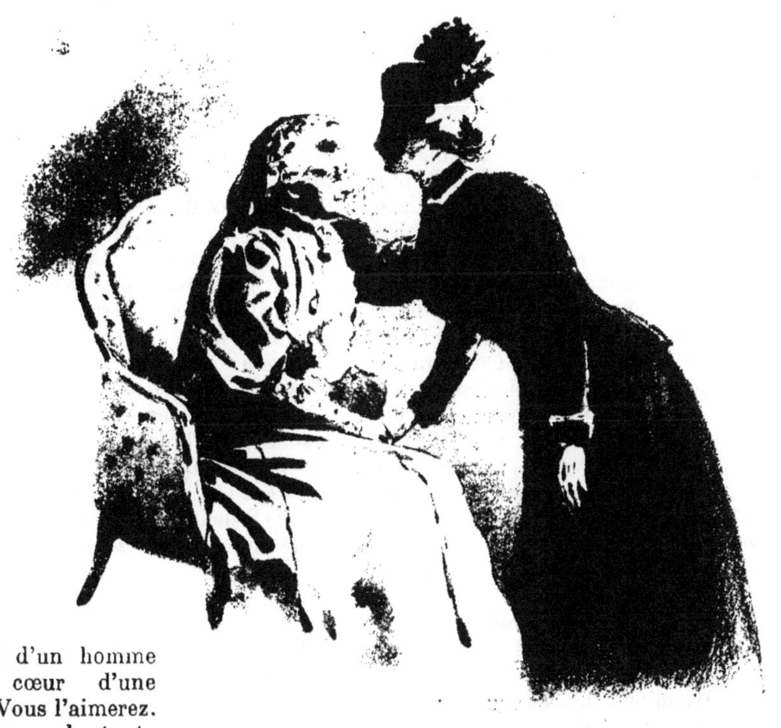

EMBRASSEZ-MOI, MADEMOISELLE HELLÉ...

quise ; mais elle est femme comme les Muses, comme Athéné. Parce qu'elle sait penser et comprendre, faut-il conclure qu'elle ne saura pas aimer ? Elle aimera autant qu'une autre, mieux qu'une autre, mais d'un clairvoyant et fier amour. Et, si l'amour la déçoit, elle ne descendra pas au rang de ces âmes inquiètes qui vont quêtant d'homme en homme l'aumône d'une dégradante illusion ; elle se retirera, intacte, dans le refuge que je lui ai préparé ; aussi ne redoutai-je plus pour elle ces influences féminines que j'ai soigneusement écartées de son adolescence. Elle n'en retiendra que la délicieuse douceur, et ni votre exemple, ni vos conseils ne pourraient l'incliner au mysticisme ou à la sentimentalité.

— Ne dites pas de mal de la sentimentalité, monsieur. Je sais bien qu'elle n'est plus en vogue et qu'elle se réfugie en province, dans les âmes simples des pensionnaires qui ne sont pas encore modernes, ou dans les âmes résignées d'aïeules qui ne le sont plus. Assurément on peut rire de la petite fleur bleue, mais elle a parfumé bien des existences prosaïques. On l'arrache trop facilement aujourd'hui. Croyez-moi, le meilleur asile pour les hommes comme pour les enfants, ce n'est pas les bras virils de nos *sportswomen* raisonneuses, mais bien le sein de la maman, de l'épouse à la vieille mode, celle qui sait compatir parce qu'elle a souffert.

— Je ne connais point ces *sportswomen* dont vous parlez, fit M. de Riveyrac, et je ne les veux point connaître. J'ai rencontré par les rues des êtres bizarres qui chevauchaient des véhicules d'acier. Ils m'ont fait horreur. J'estime que la marche, la course, une gymnastique rationnelle suffisent à former les beaux corps. Voyez comme ma nièce est robuste dans sa souple élégance. C'est qu'elle a grandi en liberté, exerçant ses membres autant que son esprit. Mais ce n'est point là la *sportswoman*. Pour en revenir à la sentimentalité, madame, je vous dirai que j'en ai éprouvé l'effet, car ma mère était une de ces belles rêveuses de 1820, une de ces femmes à écharpe, à grands sentiments, à poétiques mélancolies. Elle avait pétri ma sœur à son image ; mais, trouvant en moi une ferme raison, une solide énergie et des passions concentrées, elle me méconnut parfois, cruellement. Je n'ai gardé nulle rancune à sa mémoire, mais je me souviens que ce goût malheureux de l'émotion excessive et de l'attendrissement à propos de tout et de rien me gâta ma jeunesse et fit un enfer de notre intérieur. Mon père admirait la sensibilité de sa femme, et toute la famille me considérait comme un égoïste, un jacobin à cœur de roche. Mon refus de devenir prêtre aggrava le malentendu... Ah ! madame, quand j'ai dû, à mon tour, élever une jeune âme, j'ai fait serment de ne point l'énerver et de la dissoudre dans ce bain tiède de la sentimentalité. Je l'ai trempée dans les fécondes eaux de la vérité et de la sagesse. Hellé ne s'attendrira pas à tout propos ; mais elle n'amollira pas l'énergie de son mari ; elle élèvera une race vraiment virile. Tandis que vos tremblantes ingénues seront la proie éternelle des don Juans, elle sera capable d'amour héroïque et d'héroïque abnégation.

— Telle qu'elle est, je l'aime, répondit madame Marboy. Cette forte éducation, qui me fait un peu peur, ne lui a point enlevé sa grâce, et puisque Hellé est bonne, simple et heureuse, il faut convenir, monsieur, que vous avez raison.

VII

Je m'attachai rapidement à madame Marboy, et bientôt notre sympathie devint une sérieuse affection. Je me plus à passer des journées entières dans le petit salon douillet, aux meubles pâles, aux tentures citron, que parfumaient des roses de Nice. Madame Marboy, toujours vêtue de gris ou de mauve, une dentelle sur les cheveux, se tenait à l'angle de la cheminée, tout près d'une frêle table à ouvrage. Quand des visiteurs arrivaient, je préparais moi-même les tasses de th et les friandises, que j'offrais comme eût fait la fille de la maison. Les amis de madame Marboy ne ressemblaient point aux gens affairés, ambitieux et doctes qui fréquentaient chez les Gérard. C'étaient des dames mûres et paisibles, de vieux messieurs bienveillants, quelques jeunes gens titrés, élégants et graves. Bien que madame Marboy vécût simplement et n'allât jamais dans le monde, elle était apparentée à de riches familles de l'aristocratie et de la bourgeoisie de robe. Je m'expliquais par ces alliances les quelques préjugés qu'elle gardait sans jamais les ériger en lois. Elle aimait les manières exquises, les jolis compliments, les nuances infinies du sentiment qui composaient, disait-elle, l'aristocratie du cœur. Elle avait reçu l'instruction superficielle que les religieuses des Oiseaux ou du Sacré-Cœur donnaient aux jeunes filles de son temps ; elle savait un peu d'anglais et d'italien ; elle jouait du piano, chantait encore à ravir des airs de Bellini et de Donizetti, et faisait ses délices de Musset et de Lamartine. Très bonne, avec une pointe de malice, elle prenait ses émotions pour des opinions qu'elle exprimait avec grâce et qu'elle prétendait justifier par des anecdotes. Sa logique n'était pas toujours sûre, mais elle contait avec tant de charme qu'on ne s'en lassait point. Mariée très jeune à un homme qu'elle adorait, elle n'avait souffert que du regret de n'être point mère et de son veuvage prématuré. Des amitiés ferventes réchauffaient encore ses beaux soixante ans.

TOUJOURS VÊTUE DE GRIS...

Je devais être pour cette aimable femme un perpétuel sujet d'étonnement.

Un après-midi de février, comme nous étions seules, elle me raconta un épisode de ses fiançailles, et, me voyant rêveuse, les yeux fixés sur le foyer, elle me dit :

— Peut-être, ma petite amie, jugez-vous bien puéril ce radotage de vieille femme. Mais vous avez dix-neuf ans : bientôt vous serez aimée, vous aimerez.

Je secouai la tête. Madame Marboy posa sa main sur mes cheveux :

— Aucun rêve n'habite sous ce front calme, sous cette chevelure blonde?

— Aucun, répondis-je, et je me demande même si la race des hommes qui peuvent inspirer l'amour n'est pas tout à fait perdue.

— Pourquoi donc, mon enfant?

— Les hommes que j'ai vus chez madame Gérard n'appartiennent évidemment pas à cette race. Ils sont tous préoccupés de leur situation, de leur avenir, des modifications matérielles que le mariage apportera dans leur existence. Ils sont jeunes pourtant. Quelques-uns sont beaux. Mais rien, en eux, rien ne peut inspirer l'amour. Aussi ne le demandent-ils pas. Ils se contenteront d'une affection honnête et médiocre, d'un compromis entre l'intérêt et l'amitié.

— Qui vous a si bien instruite, bon Dieu ! Vous ne lisez pas de romans?

PEUT-ÊTRE, MA PETITE AMIE..

— Jamais je n'ai ouvert un roman, mais j'ai des yeux et des oreilles, et, n'étant point embarrassée de préjugés, je sens plus vivement peut-être et plus finement qu'une autre jeune fille, le contraste perpétuel entre ce qu'on dit et ce qu'on fait, ce qu'on prétend être et ce qu'on est réellement, ce qu'on paraît souhaiter et ce qu'on exige. Dans le courant de cet hiver, il s'est fait trois mariages chez madame Gérard. J'ai fort bien vu qu'une fausse ingénue épousait un faux homme d'affaires, qu'une pédante infatuée épousait un demi-savant. Le troisième couple pratiquait une indifférence réciproque, si naïvement étalée qu'on ne pouvait s'empêcher de sourire en voyant l'effroyable ennui qui saisissait les fiancés quand la bonne madame Gérard leur ménageait de décents tête-à-tête. On parlait beaucoup de la belle position des jeunes gens, de l'influence et des hautes relations des futurs beaux-pères, des grâces et vertus des fiancés, et, quand madame Gérard ajoutait, par habitude, que ces beaux mariages étaient tous des mariages d'inclination, je me demandais si ses auditeurs étaient réellement des imbéciles ou s'ils se croyaient tenus de passer pour tels.

— Vous êtes féroce, Hellé. Il est vrai que le souci des convenances mondaines impose souvent des attitudes ridicules, d'autant plus ridicules que personne ne s'y trompe ; mais l'apparente indifférence des fiancés est peut-être une de ces attitudes et rien de plus. Qui vous dit que mesdemoiselles Dupont et Mazuriau n'aiment pas leurs futurs maris ?

— J'accorde qu'elles peuvent éprouver une espèce d'amour, un sentiment composé de plusieurs sentiments, tels que la curiosité, la vanité, l'ambition, etc. Mais l'amour même ?... Bien que je ne le connaisse point, je devine qu'il est aux fiançailles des Dupont et des Mazuriau ce que le soleil est aux chandelles.

— Eh ! chère petite, l'amour, c'est surtout la grande illusion. Celui que vous aimerez sera-t-il très différent des pauvres garçons que vous traitez si mal ? Vous le verrez différent, et cela suffira.

— Ah ! madame, il est donc probable que je n'aimerai jamais.

— Pourquoi ?

— Parce que je n'ai pas reçu l'éducation qui permet à une fille intelligente d'aimer un homme tel que les fiancés des demoiselles Dupont et Mazuriau. Le mariage ne m'offre aucun réel avantage social, puisque je suis libre, beaucoup plus libre qu'une femme, affranchie de la surveillance qui devient odieuse aux jeunes filles de vingt ans, protégée par mon oncle et non point opprimée, parfaitement maîtresse de mes actes et de mes paroles. N'étant point esclave, ne m'ennuyant point, je serais folle d'échanger mon indépendance heureuse contre la tutelle et la compagnie d'un homme que je n'aimerais pas infiniment. Et comment pourrais-je aimer, infiniment, un médiocre?

— Pauvre Hellé ! Votre cœur dort. Croyez-vous qu'un homme de génie, seul, puisse l'éveiller? Le bonheur, ma chérie, habite une sphère moyenne et tempérée, Les grands vents, le grand soleil, flétrissent vite sa douce fleur.

Elle resta un instant songeuse.

— Savez-vous, reprit-elle, que je suis presque effrayée quand je considère votre avenir. Vous êtes si différente de la femme telle que je la conçois ! Votre beauté, votre intelligence, l'extrême hardiesse de votre esprit seront-elles des éléments de félicité ou de désastre ? La femme, à mon avis, est un être de tendresse et de sacrifice, supérieur à l'homme par le sentiment, inférieur dans l'ordre intellectuel. Je la veux appuyée au bras de l'époux, penchée sur le berceau de l'enfant, agenouillée devant Dieu... Vous ne croyez pas en Dieu, Hellé... Quand les philosophes viennent me parler de l'Ame universelle, je me bouche les oreilles, et je ne veux pas être convaincue, car il me faut un Dieu moins vague, moins indifférent. J'ai vu, chez votre oncle, une Pallas que vous aimez. Elle représente votre idéal de raison et de sagesse, mais elle n'est pas humaine ; elle ignore l'amour et n'a point d'enfant dans les bras

— La Vierge catholique est-elle humaine, elle, dont la maternité ne fut glorieuse que par la réprobation de l'amour ?.. Ne vous désolez pas, chère madame ; j'ai reçu, quoi que vous en pensiez, une forte éducation morale, et ce sont les plus grands parmi les hommes qui m'ont enseigné mon devoir. Mon devoir est-il de me mutiler, de m'humilier, de chercher le sacrifice comme but, d'aimer la douleur ? Je ne le crois point. Mon devoir est de réaliser la femme que je puis être, et d'être heureuse en aidant au bonheur d'autrui. J'ai le respect de la vérité, l'horreur de ce qui diminue et avilit. Ce que vous appelez mon orgueil constitue ma vertu même.

— Puisse cet orgueil vous guider et vous défendre !... Mais voici quelqu'un Voulez-vous sonner pour le thé ?

La porte du salon s'ouvrit. Un jeune homme entra et vint baiser la main de la vieille dame.

— Bonjour, Maurice, dit madame Marboy en souriant à ce joli rite suranné du baise-main. Je me croyais oubliée ; mais, dès que vous paraissez, on vous pardonne. Comment va votre cousine de Nébriant ?

— A merveille, chère madame. Elle est tout occupée par les répétitions d'un drame de Mæterlinck qu'on va jouer chez elle, prochainement. Pour moi, j'ai mille excuses à vous faire..

— Tenez-les pour faites et n'en parlons plus, Maurice ; vous me trouvez en bien belle et bien jeune compagnie. Il faut que je vous présente à mademoiselle de Riveyrac. Hellé, je vous présente Maurice Clairmont, un poète, un futur grand homme que j'ai connu tout enfant.

MAURICE CLAIRMONT...

Je répondis au salut du jeune homme, et quand nous eûmes repris nos places, je sentis son regard m'effleurer, me fuir, revenir sur moi avec persistance.

Maurice Clairmont n'avait pas trente ans. Il était svelte et robuste, d'une figure si heureuse qu'elle attirait la sympathie comme un aimant. Ce visage mat, ces touffes de cheveux noirs et lustrés comme des plumes, la splendeur des dents, l'éclat bleu des prunelles, composaient un type de beauté virile vraiment digne d'un poète et qu'aucune femme ne devait regarder froidement.

— Madame de Nébriant est toujours une fervente de Mæterlinck, disait madame Marboy. Je l'admire de résister aux ennuis et aux fatigues que comportent toujours les représentations d'amateurs. Je pense à la boutade de Molière : « Singuliers animaux à mener que des comédiens! » Qu'est-ce donc quand ces comédiens sont des gens du monde !

— Vous n'assisterez pas à la représentation ?

— Votre aimable cousine m'excusera. Je suis trop vieille. Les veilles me tuent et votre Mæterlinck me fait peur. Vous me raconterez la fête, mon cher Maurice.

— Mais je n'y dois point assister. Mon ami Clauzet, le peintre, m'emmène en Grèce. Il y a de nouveaux troubles du côté de la Macédoine ; on parle d'une guerre prochaine. Je serais charmé de combattre pour la divine Hellas. Mais, si la révolte prétendue n'aboutit point, nous passerons l'hiver dans les îles, et j'y achèverai mon drame de *Sapho*.

— Heureux homme !... Tenez, vos premières paroles vous ont acquis l'estime de mademoiselle de Riveyrac. Elle vous considère avec envie, n'en doutez point.

— Qu'ai-je fait pour mériter cet honneur? dit M. Clairmont en riant.

— Hellé est une personne d'un autre temps, une jolie païenne. Vous n'ignorez point les travaux de son oncle, monsieur Sylvain de Riveyrac ?

— L'auteur de la *Morale antique*, un philosophe plus artiste que bien des artistes? Ah ! que je serais heureux de le rencontrer !

— Je regrette fort que mon oncle soit absent, dis-je, un peu troublée par ce regard bleu qui chatoyait entre les cils sombres comme un martin-pêcheur dans les roseaux.

— Maurice, s'écria madame Marboy, il faut que vous connaissiez monsieur de Riveyrac ! Venez dîner ici, samedi, vous rencontrerez monsieur de Riveyrac et sa charmante nièce... Oh ! ne me répondez pas que vous êtes très occupé, que les belles dames se disputent l'honneur de vos visites... Si vous refusez, nous nous brouillerons.

— Pourquoi me priverais-je d'un très grand plaisir? Je me permettrai, seulement, chère madame, de vous amener un convive...

— Accordé... Et ce convive?...

— C'est votre propre neveu. Je devais passer la soirée avec lui.

— Cet original d'Antoine ? Il ne viendra pas.

— Madame Marboy, comme vous jugez mal votre neveu ! Que doit penser mademoiselle de Riveyrac?

— Hellé ne connaît pas Antoine... Ma chère enfant, le personnage dont nous parlons est mon neveu, un être sombre et bizarre, qui travaille comme un bénédictin, vit comme un anachorète, et se soucie peu de plaire aux jeunes filles.

— Assurément, Genesvrier est mal vu des dames, dit le jeune homme en souriant. Il ne sait ni ne veut leur parler le langage qu'elles aiment et ne pense qu'à réformer l'humanité! Il est le fidèle ami, le disciple du fameux Jacques Laurent.

— Jacques Laurent, le pamphlétaire de l'*Avenir social* ? J'ai entendu mon oncle parler de lui avec admiration.

— Laurent est un grand écrivain, mais un rêveur d'utopies... tout comme Genesvrier !

— Hellé, ma mignonne, un peu de thé ? dit madame Marboy.

Une vapeur montait du samovar. Le reflet des lampes, empruntant une exquise nuance rose au crêpe des abat-jour, adoucissait le citron acide des tentures. Tout plaisait à mes yeux : les soies brillantes et molles, la gaieté du feu clair, la délicatesse des porcelaines et les menus ustensiles d'argent.

Maurice Clairmont parla de son voyage. Les noms des îles et des cités où s'était souvent égaré mon rêve prenaient une ampleur sonore quand il les prononçait. Madame Marboy s'étant peu à peu retirée de la conversation, ce ne fut bientôt qu'un duo, coupé par les petits soins du *five o'clock*, égayé par le jeune rire du poète, et si charmant qu'il me parut trop court. Mais six heures sonnaient. Je devais partir On convint de reprendre, le samedi suivant, la causerie interrompue.

VIII

Un importun ayant retenu mon oncle, je le précédai chez madame Marboy. Elle m'avait priée de venir de bonne heure. Ma présence lui donnait l'illusion de la maternité et, près d'elle, aisément, j'oubliais que j'étais une étrangère.

— Comment, fit-elle en m'apercevant, vous inaugurez pour nous cette belle robe? Deviendriez-vous coquette, sage Hellé?

Vous allez ravager le cœur poétique de Maurice, le cœur farouche de Genesvrier et le cœur doctoral de monsieur Gérard. Regardez-vous un peu.

Entre deux appliques de bronze doré qui brillaient haut comme un double bouquet de petites flammes, un miroir ovale me renvoya mon image, et l'apparition, vêtue de satin nacré et de mousseline floconneuse, m'étonna comme celle d'une sœur divine.

Je regardai ce visage dont la grâce sévère ne s'était pas attendrie encore et voluptueusement modelée sous les lèvres de l'amour, ce front uni, ces bandeaux d'un blond presque châtain qui se dorait dans la lumière, ces sourcils droits, ces larges yeux vert de mer, cette bouche finement ciselée par l'ironie, mais que l'enthousiasme faisait frémir, ce cou ferme, ces épaules vigoureuses, cette poitrine qui semblait destinée au repos d'un demi-dieu.

J'étais belle, je le savais, et je considérais ma beauté non comme un trésor qu'on peut exploiter pour de bas intérêts, mais comme un don précieux qui porte avec soi une joie sereine.

— Vous êtes rayonnante, Hellé ! dit encore madame Marboy, avec une nuance d'affectueuse inquiétude. Il ne vous est arrivé rien d'extraordinaire, mon enfant ?

— Absolument rien, chère madame.

Elle parut rassurée.

— Je vous ai placée entre monsieur Clairmont et mon neveu. Vous connaissez Maurice. Quant à Genesvrier, il ne vous parlera guère, car votre parure l'intimidera. Cependant, je crois que vous ne vous ennuierez point.

— J'en suis très sûre. Monsieur Clairmont me plaît beaucoup.

— C'est un charmeur, dit madame Marboy avec un sourire. Sa mère, qui est morte l'an dernier, était ma meilleure amie, et je ne puis vous dire à quel point elle aimait Maurice. Elle souhaitait le marier et, certes, chez la baronne de Nébriant, — leur cousine, une femme à la mode que tout Paris connaît, — les beaux partis ne manquaient point. Mais la folie du voyage monte au cerveau de Maurice. Il part... Quand reviendra-t-il ? lui-même n'en sait rien. Un caprice peut l'entraîner en Asie, aux Indes, au Japon. Et la poésie de Maurice lui ressemble. Elle est ardente, légère, impatiente comme lui. L'austère Genesvrier déclare, non sans quelque dédain, que c'est une muse folle qui souffle dans un clairon d'or.

Je devinai dans ce Genesvrier un ennemi des Muses. Il ne me déplaisait point que celle de Maurice fût une céleste folle, au verbe sonore et harmonieux, à la chevelure dénouée. Les poètes, à travers mes lectures, m'apparaissaient comme d'éternels enfants, ivres d'un délire sacré, à qui toute indulgence est due. Que Maurice Clairmont s'en allât combattre pour la divine Hellas, cela suffisait à me ranger de son parti. J'exprimai nettement cette opinion.

— Je suis un peu de votre avis, répondit madame Marboy. Mais ne soyez pas trop sévère pour Antoine. Peut-être vous intéressera-t-il beaucoup. C'est un homme d'une haute intelligence, d'une haute moralité, égaré malheureusement dans les utopies humanitaires. Il est né dans une famille riche et devrait porter le titre de marquis. Eh bien, ma chère enfant, il a fait cette belle folie de rejeter titre et fortune. Pourquoi ? Il n'a jamais daigné me l'expliquer tout à fait. Il n'est pas expansif, mon neveu Antoine. Il écrit dans une revue philosophique, sociologique, etc. Je suis trop bourgeoise pour comprendre sa littérature.

Le timbre retentit deux fois, et mon oncle parut, suivi de près par les Gérard. La conversation ne fut plus qu'un échange de politesses jusqu'au moment où Maurice Clairmont fut annoncé.

Madame Marboy le présenta à mon oncle, puis il vint s'asseoir près de moi. Ses yeux exprimaient une admiration qui me fut délicieuse, et je compris, dès les premières paroles, qu'il était heureux de me revoir.

Sept heures et demie sonnaient quand M. Genesvrier fit son entrée. J'entendis qu'il s'excusait de son retard ; mais, toute aux discours de Clairmont, je regardai à peine le nouvel arrivant. Presque aussitôt mon oncle offrit son bras à madame Gérard et nous passâmes dans la salle à manger.

Le voyage de Maurice fournit la matière de l'entretien pendant tout le repas. Le jeune homme parlait avec une grâce aisée et brillante qui révélait le poète et faisait paraître bien lourde l'éloquence professorale de M. Gérard. J'étais sensible à la musique du verbe autant qu'à la beauté de la forme, et, la nouveauté de mon plaisir m'empêchant de le discuter, je ne m'avisai point que cet art de décrire et d'évoquer ne servait pas l'idée originale, et que le magicien nous enchantait par une transfiguration habile du lieu commun. La personne de Maurice Clairmont s'adaptait admirablement au type du poète aventureux qui, depuis Byron, émeut les imaginations adolescentes. Ce n'était plus la fine ironie parisienne, ni la correction du mondain, ni la componction du savant... C'était je ne sais quoi de jeune, d'ardent, d'heureux, où l'on sentait l'impatience de vivre et la certitude de triompher ; des yeux si beaux qu'ils semblaient créés pour refléter des spectacles de beauté éternelle, une voix où

MON ONCLE OFFRIT SON BRAS...

vibraient tous les timbres du bronze et de l'or. A peine, en causant avec Maurice, pouvais-je atténuer par une réserve apprise l'extrême plaisir que j'éprouvais à l'entendre, à le regarder. Aucun sentiment de coquetterie, pas même le confus émoi sensuel qui se mêle aux émotions de ce genre, ne troublait la pure qualité de ce plaisir, comparable à la joie de l'artiste qui admire dans son modèle un type accompli d'humanité.

Antoine Genesvrier, placé à ma droite, n'attirait point mon attention. Nous échangions seulement des paroles de politesse. Comme on rentrait au salon, je le vis en face pour la première fois.

En tout autre circonstance, ce que j'avais appris de sa vie et de son caractère m'eût intéressée passionnément, mais un charme plus fort me détournait de cet homme, dont les trente-cinq ans déjà trop marqués, la haute taille, la carrure puissante, les grands traits sombres sous une masse de cheveux bruns, qui grisonnaient vers les tempes, étaient peu faits pour séduire une jeune fille.

Madame Gérard, qui venait de négocier quatre mariages à la fois, entretenait madame Marboy de ses démarches, de la reconnaissance qu'elle inspirait aux huit familles des jeunes fiancés. Ma vieille amie écoutait avec un sourire d'indulgence résignée, tout en défripant les dentelles qui garnissaient sa robe de soie grise. Genesvrier entretenait mon oncle et M. Gérard.

ANTOINE GENESVRIER.

Maurice Clairmont s'était assis près de moi.

— Je vais partir dans quelques jours, disait-il, et peut-être ne reviendrai-je pas avant deux longues années. J'emporterai, avec l'espérance de vous retrouver, le regret de ne vous avoir pas connue davantage. Les salons sont pleins de figures banales, et c'est une bonne fortune de rencontrer des gens tels que votre oncle et vous.

— Nous ne sommes pas des mondains... A peine suis-je allée huit ou dix fois à des réceptions qui se ressemblent toutes avec une désolante identité. Je suis une provinciale, monsieur, une campagnarde. Je ne me plais que dans mon vieux pavillon de la rue Palatine ou à la Châtaigneraie.

— Madame Marboy m'a parlé de votre vie. Je sais que vous aimez l'étude et la solitude... Goût singulier pour une personne de votre âge et de votre figure. Je n'ai jamais pu me soumettre à cette discipline intellectuelle qui marque notre jeune visage d'une précoce gravité. Je suis un être de caprice et d'impulsion... Et tenez, — ajouta-t-il avec une inflexion de voix qui me parut étrange, — au moment de partir pour cette Grèce qui me séduit, je ne sais quelle fantaisie peut me prendre...

— D'aller ailleurs ?

— Ou de rester...

Il reprit rêveusement :

— Je vaincrai cette fantaisie, ayant engagé ma parole... Il y a aussi l'intérêt de mon drame que je dois achever là-bas... Mais je suis ainsi fait...

— Il faut partir ! dis-je, car la poésie de ce voyage ajoutait je ne sais quel charme au caractère de Clairmont.

Il me regarda avec une curiosité que

mon absolue inexpérience de l'homme m'empêcha de remarquer sur-le-champ.

— Vraiment, vous me conseillez de partir... même si Paris m'offrait un nouvel attrait... un attrait irrésistible ?

— Je ne sais, dis-je avec candeur, quel attrait peut vous offrir Paris ; mais, si j'étais homme, je ne balancerais pas, quand, à trois jours de voyage, je saurais trouver les Cyclades, la mer des Néréides, et peut-être la gloire de chasser le Turc de la terre des dieux.

— Allons ! fit-il en riant, je vois qu'il me faudra chasser le Turc, comme vous dites, sous peine de me déshonorer à vos yeux. Mais si loin que j'aille et si délicieuses que soient les îles, et si bleue la mer, et si tenaces les Turcs, je reviendrai, je reviendrai, mademoiselle.

— Et vous nous rapporterez un beau drame ?

— Je tâcherai.. Et vous, mademoiselle, que ferez-vous, d'ici là ?

— Je travaillerai avec mon oncle ; j'irai passer les étés à la Châtaigneraie...

— Deux ans, c'est long.

— Croyez-vous ? Les années vont vite. Il me semble que je suis née d'hier, et pourtant ma vie s'est écoulée sans aventures, sans incidents, entre mon oncle et ma vieille bonne Babette.

— Vous n'aviez même pas de compagnes ?

— Et je n'en souhaitais point. Les jeunes filles ne m'aiment guère, parce que je leur ressemble peu et que nous n'avons aucun goût commun.

— Mais quand je serai de retour, peut-être des événements imprévus auront-ils bouleversé votre existence. Une Psyché inconnue s'éveille en nous, vers vingt ans... N'importe ! je vous devrai un souvenir exquis, mademoiselle, et je penserai à vous sous les myrtes et les oliviers... Et puis, après tout, vous avez raison... Deux ans passent vite.

Il répéta, après un silence :

— Je reviendrai.

Quand nous prîmes congé, vers minuit, mon oncle pria Clairmont de venir dîner un mercredi chez nous, rue Palatine. Je compris, aux paroles d'adieu de Genesvrier, qu'une invitation identique avait précédé celle-là.

IX

J'avais caché sous ma pelisse deux volumes de Maurice Clairmont, empruntés à madame Marboy, et pendant que la voiture roulait vers Saint-Sulpice, il me semblait que j'emportais l'âme même du poète, réfugiée ainsi dans l'ombre, tout près de mon cœur.

La voix de mon oncle m'arracha à ma rêverie.

— Je suis content de ma soirée, Hellé. Bien que la robe de madame Gérard fût d'un velours rouge insupportable, j'ai pris grand plaisir à la conversation. Sais-tu que j'ai engagé Genesvrier à venir nous voir ? Mon enfant, c'est un homme extraordinaire.

— Je ne suis pas bon juge, répondis-je. Monsieur Genesvrier s'est constamment tenu loin de moi. A peine lui ai-je entendu prononcer quatre paroles.

Je remarquai que mon oncle ne parlait point de Maurice Clairmont, et je fis une discrète allusion au talent probable de ce jeune homme. Mais, de même que Clairmont m'avait absorbée, de même Genesvrier avait accaparé toute la pensée de M. de Riveyrac. Il déclara que Maurice avait de l'imagination, de l'éclat, de l'élégance, une de ces figures charmantes que les artistes aiment à reproduire. Puis chacun reprit sa méditation, et nous ne parlâmes plus qu'au seuil de ma chambre, où mon oncle me souhaita le bonsoir.

Quand j'eus allumé ma petite lampe, étalé sur l'antique bergère le corsage de mousseline neigeuse et l'ample jupe de satin blanc, je revêtis un chaud peignoir noué d'une simple cordelière. Puis, sans penser à l'heure tardive, j'ouvris le premier volume des poésies de Clairmont.

C'étaient des vers de jeunesse, des odelettes amoureuses dans une jolie forme parnassienne ; un petit musée de figurines antiques ciselées et peintes avec un art séduisant, mais impersonnel. Je n'y trouvai rien que je n'eusse pu trouver dans les œuvres des joailliers poétiques célèbres depuis trente ans. Et ce que j'y cherchais, c'était l'âme de Clairmont elle-même.

Le second volume, publié sept ans plus tard, portait sur la feuille de dédicace un prénom de femme que je lus avec une curiosité poignante : *Pour Madeleine.* Quelque maîtresse, sans doute, une de ces grandes dames chez lesquelles Clairmont fréquentait et que je m'imaginais pareilles à ces patriciennes florentines du XVIe siècle, hardies, galantes et lettrées, prêtes à récompenser d'un baiser le poète qui avait enlacé son myrte à leur chevelure.

Les premières pièces étaient propres à confirmer ce pressentiment. J'avais lu quelques passages choisis des petits poètes grecs et latins, qui m'avaient paru froids comme un exercice de rhétorique. Ces amours, ensevelies sous la poussière des siècles, étaient mortes avec la langue même où le poète les avait chantées, et les mots latins m'apparaissaient tels que des urnes cinéraires, vides d'un parfum évanoui.

Ici je retrouvais encore l'éternel thème de volupté, le *Da mihi basia mille,* les cent, les mille baisers dont la page, écrite d'hier, était toute chaude encore. C'était la révélation d'une poésie que je comprenais à peine, et que je sentais pourtant vivante et vraie.

PUIS, SANS PENSER A L'HEURE TARDIVE...

Elle ne me plaisait qu'à demi, car je n'aimais pas le trouble qu'elle me causait, ce malaise moral et presque physique auquel se mêlait obstinément le souvenir de Clairmont.

Le coude sur la table, le front dans ma main, je restai rêveuse. Je devinai bien quelle femme Clairmont avait aimée et de quel amour, mais il y avait, jusque dans cette exaltation charnelle, comme une lassitude et aussi une aspiration. Que ce fût un artifice littéraire, l'idée ne m'en vint même pas. Je me disais que Clairmont avait reçu de la Madeleine mystérieuse tout ce que celle-ci pouvait donner, et qu'il attendait d'une autre l'amour suprême, le prix du génie qui fit Dante et Pétrarque immortels.

Longtemps, longtemps, je songeai, si bien que je vis pâlir ma lampe et blanchir la fenêtre entre les rideaux. L'aube aux yeux bleus souriait sur la cité, éveillant les moineaux dans les arbres et les cloches dans les tours grises. Le froid matinal me fit frissonner. Je fermai le livre de Clairmont, et la tête pleine de rêves confus et de mots sonores, je m'endormis profondément.

X

C'était quelques jours après cette soirée.

— Hellé, me dit l'oncle Sylvain, j'ai une visite à faire. Veux-tu m'accompagner? Tu pourras me donner un bon conseil.

— A quel propos, mon oncle?

— Voici : monsieur Genesvrier m'a dit, l'autre soir, qu'il voulait se défaire de certains livres rares reçus en héritage et qui encombrent inutilement sa bibliothèque. Mon âme de vieux bibliophile s'est émue, et j'ai obtenu de monsieur Genesvrier qu'il me laissât faire un choix parmi ces livres avant de voir un autre acquéreur.

— Je vous suis, mon oncle, très volontiers.

Antoine Genesvrier habitait sur le versant de la montagne Sainte-Geneviève, dans cette pittoresque petite rue Clovis formée par les bâtiments du lycée Henri IV, la tour Clovis, l'église Saint-Étienne-du-Mont et les jardins du presbytère. Quatre ou cinq maisons seulement y abritent d'humbles ménages, des professeurs pauvres, des ouvriers, et tout près, dans la rue Descartes, grouille une population presque indigente. Nous gravîmes quatre étages, par un escalier sombre, et, parvenus à un palier étroit, nous lûmes le nom d'Antoine Genesvrier sur une porte. Mon oncle sonna. La porte s'ouvrit, démasquant une antichambre noire où je distinguai la silhouette de M. Genesvrier.

Il eut une exclamation de surprise, puis il nous fit entrer, s'excusant brièvement du désordre de son logis. Je regrettai presque d'avoir accompagné mon oncle, car il me sembla que ma présence donnait à notre hôte quelque embarras.

Mais, quand nous fûmes assis dans son cabinet de travail, je ne regrettai point mon voyage. Le lieu n'était point banal.

Je la vois encore, cette grande chambre tapissée d'un papier uni, d'une douce teinte verdâtre. Le carreau rouge, çà et là recouvert de nattes fines, était fraîchement lavé. Des rayons de sapin verni, chargés de volumes, occupaient deux panneaux. Une petite armoire bretonne renfermait sans doute les manuscrits et les documents précieux. Il n'y avait ni tentures, ni grands rideaux à la fenêtre, voilée seulement à mi-hauteur par de petits stores d'étoffe écrue. Le jour égal et pur tombait de haut sur la table où une grosse lampe, coiffée d'un abat-jour bleu, était toute prête pour la veillée, parmi des liasses de lettres, des cahiers de papier et une collection de l'*Avenir social* réunie dans une reliure mobile. Sur la pendule basse, formée d'un bloc carré de marbre noir, j'admirai une réduction en plâtre de l'*Esclave*, de Michel-Ange. Au mur, entre des cartes de géographie, j'aperçus une belle photographie de Jacques Laurent, deux études peintes, et, dans un petit cadre de chêne, une épreuve ancienne déjà et toute jaune de la *Melancholia*, d'Albert Dürer. Il me parut que le grand ange féminin, si triste sous sa couronne, était le génie de ce lieu.

Pendant que mon oncle rappelait l'objet de sa visite, je contemplais Genesvrier debout à contre-jour. Dans ce cadre créé par lui, et qui reflétait sa vie austère, il était mieux et plus à l'aise que dans le salon de madame Marboy. Il n'était ni gracieux, ni élégant, mais il n'était point vulgaire. Il avait la stature d'un homme fait pour commander, de larges épaules, qui eussent porté sans défaillance un siècle d'acharné labeur, des sourcils proéminents, des yeux au regard lent et fixe. On sentait en le voyant que cet homme, affranchi de tout besoin de vanité, de toute superstition de caste, n'obéissait qu'à lui-même. Avant de susciter la sympathie, il imposait l'attention, il forçait au respect.

— Ma bibliothèque est à votre disposition, dit-il à mon oncle. Je me ferai un plaisir de vous prêter tel livre qui vous conviendra. Quant à ceux que vous désirez acquérir, j'en veux ignorer la valeur marchande, et votre prix sera le mien.

L'oncle Sylvain se récria :

— Vous me mettez dans un embarras extrême ; je ne suis malheureusement pas assez riche pour satisfaire ma passion des beaux livres, mais je ne voudrais point profiter de votre volontaire ignorance et vous exposer à des regrets.

— Ne craignez rien, monsieur. Depuis que j'ai eu l'honneur de vous rencontrer, il m'est venu une singulière répugnance à remettre ces livres aux mains d'un marchand. Ce me serait un plaisir de les savoir chez vous, en bonne place. Je n'ai point, pour beaucoup de raisons, le loisir ni le moyen d'être un vrai bibliophile, mais j'ai le respect des vieux livres. Je dirais que j'y sens des âmes, si j'étais poète comme Clairmont.

Je levais des yeux étonnés.

Il reprit en souriant :

— Ce jargon poétique ne m'est pourtant point familier, et, sachant que vous devinez mon sentiment, je n'ai pas à l'expliquer davantage. J'ai donc un vif désir de vous céder ces volumes, s'ils vous plaisent. Aussi, je vous le répète, votre prix sera le mien.

Il ouvrit la petite armoire et prit une douzaine de volumes à reliure fauve. Mon oncle mit ses lunettes pour les examiner. Il y avait une Bible de 1650, ornée de gravures sur bois, un Erasme, un Rabelais et quelques ouvrages philosophiques du XVIIIe siècle.

L'oncle Sylvain regarda curieusement les titres, les dates, l'état des reliures, la beauté des fers.

— Cher monsieur, dit-il, vous n'avez peut-être aucune expérience de la valeur que représentent ces livres. Je choisirai ce qui me conviendra, et je vous adresserai des hommes de goût qui seront charmés d'acheter le reste. Ils l'apprécieront aussi bien que moi et le paieront mieux que je ne puis le faire.

DANS CE CADRE CRÉÉ...

M. Genesvrier eut un geste de contrariété :

— Non, dit-il, ces transactions m'ennuient horriblement... Je suis occupé, débordé, et fort peu capable de convaincre des amateurs.

— J'en fais mon affaire, dit l'oncle. J'enverrai prendre les volumes, et vous n'aurez à vous occuper de rien.

— Vraiment, je suis confus... Vous me connaissez à peine...

— Le peu que je connais de vous m'a donné une vive curiosité de vos œuvres et un vif désir de votre estime. C'est le présage de l'amitié... Croyez, monsieur, que je ne suis point prodigue de ce sentiment. Je suis un vieil ours. Je déteste le monde, et n'y aurais jamais reparu sans cette petite fille que voilà. S'il faut tout dire, je suis à la fois enthousiaste et misanthrope. L'œuvre de l'homme me passionne ; l'homme me dégoûte le plus souvent. Tous les affamés de places, de titres, d'argent, m'inspirent plus de mépris encore que de pitié et j'estime celui qui sait vivre solitaire. Le goût de la solitude suppose une vertu intellectuelle qui m'a toujours attiré.

Genesvrier répondit :

— Je ne suis pas un dilettante de la solitude. Je l'aime parce qu'elle m'est nécessaire pour me recueillir et pour travailler ; mais je suis curieux de l'homme, et je l'étudie tel qu'il est, tel qu'il pourrait être, tel que l'ont fait les déformations sociales et morales, et je sens, pour ses misères, moins de mépris que de pitié.

— Vous avez l'âme indulgente?...

— Pas toujours, dit Genesvrier, et certains vous parleront de « mon âme enfiellée, jalouse, féroce », parce que je hais l'hypocrisie, l'injustice. Ah ! que ne suis-je un grand écrivain ! Mais je ne vaux que par ma sincérité, ma clairvoyance et ces inspirations soudaines qui naissent de l'indignation. Ne vous méprenez pas, monsieur, je ne suis pas un politicien déguisé en homme de lettres, je ne me suis embauché dans aucun parti. Je suis un homme libre.

Il sourit :

— Mais je ne suis pas un homme ai-

MON ONCLE MIT SES LUNETTES...

mable. Ma tante Marboy me l'a souvent reproché. Rien ne m'irrite plus que la bienveillance banale qui n'est ni la tendresse, ni la charité, et noie la colère, l'amour, l'admiration, le dédain, toutes les émotions fortes, dans je ne sais quel fade bouillon.

Un rayon de soleil, entre deux nuages, frappa les vitres d'une flèche d'or.

— Le ciel s'éclaire, dit Genesvrier. Voulez-vous voir mes jardins suspendus, ma terrasse de Babylone?

Il ouvrit la fenêtre et nous fit passer sur un large balcon où des jacinthes fleurissaient dans d'étroites caisses vertes.

Un lierre presque noir tordait sur le mur ses tiges velues.

— C'est un des charmes de la maison, dit notre hôte. Ces arbres que vous voyez en bas appartiennent au presbytère de Saint-Étienne-du-Mont De la rue même on voit les grappes jaunes des ébéniers. les thyrses violets des lilas qui semblent plantés sur la crête du mur. Ces fleurs, dans le jeune feuillage, se mélangent fort agréablement, et, le soir, quand il a plu, leur odeur monte jusqu'à ma fenêtre. J'aime ces profils gris des monuments que le Panthéon domine, et j'ai une tendresse particulière pour la vieille tour Clovis. Quand je suis fatigué, je m'assieds sur le balcon et je me repose dans la compagnie des moineaux francs et des jacinthes.

Il vit mon air étonné.

— Ceci vous surprend, mademoiselle Hellé? Je n'ai pas la mine d'un jeune homme sentimental, et je ne prétends pas jouer Jenny l'ouvrière avec mes jacinthes et mes moineaux. Mais c'est la loi des contrastes et des réactions.

— Je n'y vois rien de ridicule.

— Mon ami Clairmont s'en amuse fort. En sa qualité de poète, il n'estime que les cygnes, les aigles et un peu les rossignols, bien que ces animaux se soient démodés depuis Lamartine. Mes pierrots lui semblent insupportables, et laids, la vulgarité de mes jacinthes lui fait mal au cœur, Clairmont ne supporte que les roses, les lis, les tulipes et les chrysanthèmes du Japon.

Cette ironie me déplut et je ne répondis rien. L'heure était venue de nous retirer. Mon oncle exigea de Genesvrier la promesse de venir chez nous le mercredi suivant.

XI

Sauf Grosjean, Lampérier et Karl Walter, mon oncle n'invitait jamais personne. A peine monsieur et madame Gérard étaient-ils entrés trois fois dans notre maison. Quand j'annonçai à Babette un dîner de huit couverts, elle faillit perdre la tête :

— Bien sûr, mademoiselle, me dit-elle, bien sûr que monsieur Sylvain a une idée. Ce n'est pas naturel qu'il invite tant de monde... Je pense qu'il veut vous faire marier.

— N'en crois rien, Babette. Mon oncle a déclaré que je me marierais toute seule et qu'il ne se mêlerait point de ces choses-là.

Babette hocha la tête d'un air sceptique :

— Ma foi, mademoiselle, monsieur ne ferait pas si mal d'y penser un peu. Vous attrapez vos vingt ans à la fin de l'année ; vingt ans ! c'est la saison des amours. Vous n'allez pas rester toute votre vie dans les livres.

Malgré les dires de Babette, je savais que l'oncle Sylvain, en invitant madame Marboy et Maurice Clairmont, n'avait aucune arrière-pensée. Le voyage du jeune homme eût d'ailleurs réduit à néant tout projet matrimonial.

Bien souvent l'oncle Sylvain s'était expliqué avec moi sur cette question délicate de mon mariage. Il m'avait avertie que son rôle était fini, et qu'il n'entendait point discuter mon choix ni choisir à ma place ; en me laissant toute la responsabilité d'un acte si grave, il me faisait sentir le prix de ma liberté et la nécessité de la réflexion. Il savait que je pouvais me tromper de bonne foi, mais il ne se prétendait point infaillible et croyait que l'instinct, la raison, un haut idéal d'amour me guideraient mieux qu'aucune expérience étrangère.

J'avais remarqué qu'il ne manifestait pas un vif enthousiasme pour le talent de Maurice Clairmont, bien que ce jeune homme ne lui déplût pas et qu'il en parlât avec sympathie. J'attribuai cette indifférence à l'engouement que lui inspirait Genesvrier, et j'en gardai une bizarre rancune au solitaire de la rue Clovis. Je ne me disais pas — tant la jeunesse est injuste dans ses caprices — que, si Clairmont n'était pas entré dans ma vie en même temps que Genesvrier, celui-ci, peut-être, eût revêtu à mes yeux une grandeur singulière et fascinatrice.

En préparant notre logis pour y recevoir nos hôtes, je ne tâchai point d'en atténuer la sévérité par ces recherches ingénieuses où excellait madame Marboy. La table, parée d'un damas antique qui avait honoré le repas de noces de mes grands-parents, reçut le service de porcelaine armoriée à filets d'or, quelques cristaux de prix, quelques pièces de vieille argenterie vénérable. Deux flambeaux bas à trois branches, dont un ciseleur contemporain de Louis XVI avait contourné les tiges et épanoui les tulipes de bronze doré ; une corbeille de narcisses et de grosses marguerites jaunes composèrent, avec la vaisselle, une harmonie blanc et or. Mon oncle se déclara satisfait.

— Ceci, dit-il, t'impose une robe blanche. Tu mettras quelques narcisses à ta ceinture et dans tes cheveux. J'aime ce mariage de l'or et du blanc qui ont ensemble je ne sais quoi de splendide et de virginal ; c'est la beauté des lis et des reines.

Quand je descendis au salon, vêtue non plus d'éclatant satin, mais d'un crépon blanc, souple comme une tunique grecque, Grosjean déclara qu'il avait vu ma coiffure et mon profil sur une médaille de Syracuse ; Lampérier cita Virgile ; Karl Walter cita Gœthe, et Genesvrier ne dit rien.

Mais plus doux que tous les éloges fut le regard que Maurice Clairmont jeta sur moi lorsqu'il entra avec ma vieille amie. J'y lus de l'admiration, de la sympathie, presque de la tendresse. Une autre jeune fille y eût-elle pressenti de l'amour?

L'aisance mondaine de madame Marboy, la gaieté de Maurice animèrent la réunion. Maurice sut parler de la Grèce de manière à échauffer Lampérier et Walter, et l'Allemand même, charmé, lui proposa un rendez-vous à Olympie. Mon oncle parut soumis à cette séduction irrésistible, comparable au despotisme des femmes très belles. Quand je servis le café au salon, le poète était chez nous comme un roi dans son royaume. Tous les yeux étaient charmés — et tous les cœurs.

Avril s'achevait, un avril aux chaleurs précoces, qui avait déplié partout les feuilles tendres et fleuri nos marronniers. Mon oncle fit ouvrir la grande porte-fenêtre qui donne accès sur le jardin. Clairmont venait de réciter un fragment de son drame, et ses grands vers sonores de l'*Invocation à Aphrodite* avaient laissé dans la nuit de printemps comme un frisson de syllabes amoureuses. A la prière de madame Marboy, mon oncle prit sa flûte, et je m'assis au clavecin.

Sur l'accompagnement des petites notes grêles, la voix de cristal de la flûte évoqua la promenade des ombres dans les asphodèles, au troisième acte d'*Orphée*. Que de fois, par des soirs pareils, nous avions enchanté nos âmes de cette musique vraiment divine, — et d'où vint que je crus la jouer pour la première fois? Mes yeux se fermaient à demi : j'errais dans l'éternel crépuscule, sous les myrtes où Virgile vit passer Didon, indignée, silencieuse, et blessée d'un amour que la mort même ne guérit pas. Les flammes des bougies palpitaient. Le clair de lune découpait en noir la forme des branches. Quand j'eus cessé de jouer, on parla d'une voix plus basse, comme si quelque chose de sacré avait passé sur nous.

M. Grosjean réclama le whist coutumier. Walter venait de partir. Tous se groupèrent autour de la table. Je jetai un châle blanc sur mes épaules, et je sortis dans le jardin.

Maurice Clairmont m'avait suivie. C'était presque un tête-à-tête ; mais, par la porte vitrée, par les deux larges fenêtres, mon oncle et ses amis pouvaient nous voir, et, derrière les vitres, j'apercevais la sombre silhouette d'Antoine Genesvrier qui ne jouait pas.

C'était une de ces nuits virginales où la lune règne sur un empire de vapeurs lactées, de nacre, d'impondérable argent. Les étoiles s'étaient évanouies dans cette claire splendeur, comme les rêves d'une jeune fille dans l'éblouissement du premier amour. Les grands murs qui bordaient l'horizon n'étaient pas noirs, à peine sombres, d'un gris presque aussi pâle que le gris aérien des hautes tours. Parfois le vent se levait, comme l'haleine oppressée de la saison, et des pétales de marronniers tombaient sur le gravier des allées, sur ma robe et sur ma chevelure.

— Heure délicieuse ! disait Clairmont. Il me semble que le temps s'est arrêté, que demain ne viendra pas, que je n'ai jamais dû partir. Mon âme oscille entre la réalité et le songe, imprégnée de poésie, de musique, comme enivrée par un dieu. J'ai vécu ce soir des instants inoubliables.

Je ne répondis pas. Nous marchions côte à côte, et je regardais nos ombres ; elles se rapprochaient parfois jusqu'à se confondre dans une étreinte impalpable et muette qui troublait en moi une mystérieuse pudeur. Je ne souhaitais point que Maurice prît ma main, ni qu'il prononçât des paroles tendres, et l'idée de l'amour était dans mon âme comme le soleil invisible dans le ciel. J'aurais voulu qu'une allée de myrtes, s'allongeant à l'infini, accueillît notre rêverie errante et que le baiser de nos ombres se prolongeât toute l'éternité.

Il parlait. Que me disait-il? Je ne m'en souviens guère. Il ne disait pas qu'il m'aimait ; il ne demandait point mon amour ; mais il disait que je serais présente à toutes les haltes de son voyage ; que nos communes émotions scellaient entre nous une chaîne mystique ; que je serais très jeune encore et plus belle, dans deux ans, quand il reviendrait... Nous n'étions pas des amants, puisqu'il me quittait sans souffrance, puisque je ne prononçais pas les paroles qui auraient pu le retenir. Nos ombres seules s'enlaçaient et se fuyaient pour s'enlacer encore, nos folles ombres amoureuses. Et, sous l'épaisse charmille, l'Éros mutilé souriait en nous regardant.

Il fallut rentrer, et ce fut l'adieu avec les formules banales et les gestes froids de la politesse. La porte se referma sur le jeune homme, qui s'en allait à l'aventure, en rêveur, en conquérant. Et il me sembla qu'une fleur éphémère et délicieuse venait de se faner, pareille aux narcisses de ma ceinture.

XII

L'été venu, nous partîmes pour la Châtaigneraie.

Sauf la bibliothèque démeublée et close, rien n'était changé dans la vieille maison où avait joué mon enfance, où mon adolescence avait rêvé, où devait parfois se réfugier ma jeunesse. Le figuier, près du puits, étalait ses larges feuilles. Il y avait toujours des bardanes contre les murs de pierre sèche, asile des gros limaçons et des lézards délicats ; il y avait des bourraches à fleurs bleues ; il y avait de frais verjus sous les pampres de la vigne et des abricots rougissants sur les espaliers. Les iris de velours violet et de crêpe jaune commençaient à passer fleur, et les œillets légers, parmi les fines feuilles grises, annonçaient l'éclatante royauté des roses, ces souveraines des parterres de juin. Chaque jour hâtait leur floraison, dont j'attendais l'apogée comme une fête.

Parmi les objets familiers, en face du paysage dont les vastes plans uniformes, les châtaigniers, les coteaux avaient été si longtemps l'unique décor de mes songes, je pris conscience des changements qui s'étaient opérés en moi. Mon âme s'était élargie pour contenir des sentiments nouveaux, et je pressentais qu'elle allait s'élargir encore. Je voyais surgir des horizons inconnus où déjà, tout enveloppée d'illusion vaporeuse, la face indécise de l'amour apparaissait.

Mais sur cette face divine qui souriait au seuil de la jeunesse, je ne mettais aucun nom. J'avais beaucoup pensé à Maurice Clairmont pendant les premières semaines qui avaient suivi son départ ; puis peu à peu son image s'était évanouie dans cette vision confuse et lumineuse qui s'appelait uniquement l'amour. Certes, presque toutes les filles de mon âge eussent confondu le souvenir de Maurice avec un espoir plus précis. Une éducation romanesque, les suggestions du théâtre et de la lecture, l'influence d'une société où la femme ne pense, n'agit, ne respire que pour l'amour, eussent créé des amoureuses, là où je ne pouvais être qu'une

NOUS MARCHIONS CÔTE A CÔTE...

rêveuse, et fait une passion de ce qui restait un pressentiment.

Si je regrettais l'absence du jeune homme, si je pensais à lui avec plaisir, mon regret n'avait rien de poignant, mon plaisir n'avait rien de troublé. Je n'étais pas torturée par l'impatience d'aimer. Ma pureté m'était chère comme la liberté suprême permise à un être humain, comme un privilège accordé pour peu d'années et dont il me fallait jouir. Quand, par les midi brûlants, les châtaigniers me recevaient sous leur ombre, j'aimais à découvrir les sources qui jaillissaient au ras du sol, vierges et cachées comme ma vie. Je buvais dans le creux de ma main l'eau frigide que les hommes n'avaient point souillée en l'asservissant, l'eau qui n'avait reflété que l'azur du ciel entre le lacis noir des branches, les lances des iris et la forme de mon visage incliné. C'était au plus épais du bois, dans un ravin toujours humide d'où l'on apercevait, à travers un fouillis inextricable, la lointaine lumière verte des allées criblées de soleil. La source filtrait parmi les grosses pierres et remplissait une sorte de cuve naturelle tapissée de mousses prodigieuses nuancées du ton de l'olive au ton de l'émeraude, et molles, douces, fraîches sous mes pieds nus. Assise sur un fragment de roc, je sentais le remous frôler mes chevilles. Par une fantaisie puérile, j'appelais à haute voix les nymphes du lieu, et sur les cressons et les pervenches j'égrenais des gouttelettes en libation.

Le soleil horizontal rougissait l'orée des clairières. Je reprenais ma route à travers champs. Les mouvantes graminées qui montaient presque à mes épaules exhalaient une ardente et sèche odeur. J'y cueillais en passant des bluets bleus, de pâles bluets presque mauves, de sombres bluets violacés, et de grands pavots fragiles dont la tige colle aux doigts et dont la pourpre, en se fanant, semble se poudrer de cendre. A peine sortie des refuges où l'Eau mystérieuse est reine des verdures et des rochers, je croyais pénétrer dans le royaume de Cérès terrestre et solaire, déesse antique, bienfaisante à l'homme et qui lui conserve la vie par l'hymen fécond de la glèbe et du feu. Les travailleurs étaient partis. On n'entendait que les sauterelles stridentes.

... Ce furent des mois d'enchantement, la trêve unique que je ne retrouvai jamais, le seul moment où, sans livres, sans leçons, sans regards jaloux, sans curiosités éveillées autour de moi, je vécus de ma seule vie. Je restituai à la nature, en vénération, en amour, la volupté que je recevais d'elle par mes yeux ivres de sa lumière, par mes oreilles charmées de ses rumeurs.

XIII

Octobre nous ramena à Paris, et la vie de l'année précédente recommença. Je reparus aux soirées des Gérard ; je renouai des relations affectueuses avec madame Marboy ; je préparai, chaque mercredi, le thé et le whist pour les vieux amis de mon oncle. Karl Walter était parti ; mais Antoine Genesvrier avait pris sa place et venait chez nous régulièrement.

L'oncle Sylvain avait réussi à vendre, dans d'excellentes conditions, les quelques volumes dont Genesvrier voulait se défaire. Genesvrier avait témoigné sa reconnaissance du service rendu ; mais, en pénétrant dans notre intimité, il gardait une extrême réserve qui arrêtait net l'expansion. Cette rudesse et cette gravité ne déplaisaient point à mon oncle. Pour moi, j'accordais à notre nouvel ami la dignité, le courage, une hauteur d'âme propre à susciter l'estime, mais je lui reprochais de ne point encourager les sympathies qui s'offraient.

— Voudrais-tu qu'il te chantât des romances? criait mon oncle, avec une amusante indignation. Tu railles les jolis messieurs qui te courtisent chez madame Gérard, et, quand tu rencontres un homme, tu lui fais un crime de ne point ressembler à ces valseurs. Parbleu ! Genesvrier n'est pas galant. Il ne porte ni moustache en croc, ni col carcan, ni cravate de romantique, ni redingote à longue jupe, ni monocle au bout d'un ruban de moire.

J'AIMAIS DÉCOUVRIR LES SOURCES QUI JAILLISSAIENT AU RAS DU SOL, VIERGES ET CACHÉES COMME MA VIE...

Il ne plaît point aux dames. Il ne s'adosse pas à la cheminée, sur le coup de onze heures, pour réciter des vers tendres et plats... Et c'est justement pourquoi je l'aime... Deviendrais-tu sotte, ma chère Hellé ? Quelque néo-idéaliste t'aurait-il rendue amoureuse ? Un monsieur pommadé, lauréat des grandes écoles, va-t-il me demander ta main ?

Je riais en répondant :

— Mon oncle, parce que vous m'avez élevée virilement, oubliez-vous mon sexe et mon âge ? Je vous jure que j'estime infiniment monsieur Genesvrier. Sans connaître ses œuvres, je veux croire qu'il a du talent, du génie même, le génie sombre, abrupt, indigné, d'un des premiers Pères de l'Église. Oui, monsieur Genesvrier me fait penser à saint Gérôme. Est-ce ma faute, si je préfère les âmes fines et gracieuses ?

— Au fait, peut-être les hommes tels que Genesvrier demeurent-ils incompréhensibles aux femmes, ce qui ne fait point l'éloge de ton sexe, Hellé ! Ces hommes sont les grands solitaires qui vivent assis sur la montagne, dans l'air sublime que vous ne pouvez respirer sans mourir. Et peut-être aussi n'ont-ils pas besoin de vous, de votre frivolité, de votre grâce. Leur solitude fait leur force... Toi, Hellé, le Beau te fascine ; j'entends le Beau sensible, qui s'exprime par la forme, le son, le rythme, la couleur. Et là, je te reconnais femme. Tu préfères l'œuvre d'art à l'idée toute pure. Je ne t'en blâme point. Toutes les femmes sentent ainsi, et c'est pourquoi elles désertent la philosophie et chérissent les religions, qui leur présentent les idées sous des symboles. La femme est par nature idolâtre et mystique — idéaliste, jamais. Elle se donne au Dieu chrétien parce que ce Dieu s'est fait homme, parce qu'elle a vu, dans les églises, le type humain qu'il emprunta et qu'on lui rendit familier. La femme est tout amour. Les martyrs mouraient au Colisée, non pour le triomphe de la morale nouvelle, mais pour l'amour du Dieu nouveau.

M. Gérard avait invité Genesvrier à ses réceptions, mais le neveu de madame Marboy avait répondu par un refus poli, alléguant ses travaux, quelque fatigue, une humeur bizarre qui l'obligeait à fuir le monde. Je l'avais secrètement approuvé. Il me semblait que Genesvrier, devenu mondain, eût perdu sa hautaine dignité, sans gagner aucune grâce. Madame Gérard fut irritée de cette abstention. Elle avait entendu conter l'histoire de notre nouvel ami, et elle avait annoncé à ses intimes la visite d'un personnage extraordinaire, le *marquis* de Genesvrier. Un incident me révéla l'idée singulière qu'elle en avait conçue.

Parmi l'élite des jeunes rénovateurs qui péroraient chez madame Gérard, j'avais remarqué un garçon assez beau, fort content de soi, et à qui l'ambition sortait par les yeux et la bouche, dès qu'il se trouvait en présence d'un homme influent. Ce monsieur s'était fait présenter à l'oncle Sylvain, et lui avait envoyé, avec les dédicaces les plus flatteuses, deux volumes de critique qu'il venait de publier. Entre temps, il m'avait honorée de ses confidences. Je savais que la plus brillante carrière était ouverte à M. Lancelot ; que les lettres, par un chemin de fleurs, le conduiraient à l'arène politique, et qu'il ferait une rapide fortune tout en moralisant la nation. Des gens en place s'intéressaient à lui. A plusieurs reprises, il avait ému la presse. Mais la dignité de son rôle et l'intérêt de son génie lui déconseillaient de mener l'existence errante d'un célibataire. Il rêvait une femme capable de le comprendre, de le servir, de s'associer à son destin et de manœuvrer habilement dans le monde parlementaire. Avant dix ans, lui, Lancelot, serait de l'Académie, et sa femme aurait le plus beau salon littéraire et politique. Bien qu'il ne fût point riche, elle n'aurait point à se repentir de l'avoir épousé ; car il fonderait peut-être un grand journal, à moins qu'il ne devînt ministre. Mais il fallait que cette femme appartînt à la meilleure société, possédât quelque fortune, de la beauté et l'intelligence du monde.

Après quatre ou cinq entretiens de ce genre, je n'ignorai plus rien de l'âme et des projets de M. Lancelot. Évidemment, je lui apparaissais comme l'élue capable d'aider au triomphe de ses ambitions, et ces discours, cet empressement annonçaient une proche demande en mariage.

Je gardai une contenance énigmatique, heureuse d'étudier sur le vif ce type du moderne ambitieux, futur héros de Parlement, tout gonflé déjà d'éloquence creuse. Je lus les deux livres où je trouvai d'adroites mosaïques d'idées dans le mastic d'un style parfaitement impersonnel. Tout ignorante que j'étais, je me rendis compte que M. Lancelot ne m'avait point menti, sa souple médiocrité lui assurant une belle carrière dans une société que toute forte individualité épouvante.

Ce fut madame Gérard qui, d'un air de mystère, se chargea de sonder mon cœur virginal. Elle vint me voir en particulier et commença l'attaque par un long préambule. Mon oncle prenait de l'âge ; il pouvait disparaître : que deviendrais-je alors, si jeune, isolée dans un monde plein d'embûches et que je ne connaissais point? La raison me commandait de penser à l'avenir et d'assurer mon bonheur par un mariage bien assorti. J'étais riche; j'étais belle ; je ne manquerais point d'épouseurs.

Je répondis à madame Gérard que j'étais fort touchée de l'intérêt qu'elle me témoignait; que mon oncle jouissait d'une santé excellente, mais que, si j'avais le malheur de le perdre, je trouverais en moi-même des ressources et des défenses contre les entreprises du monde. Assurément le mariage ne m'inspirait aucune répugnance ; mais j'étais exigeante, difficile, singulière, et, parmi tant de gens de mérite, aucun n'avait fixé mon choix.

Madame Gérard se réjouit de savoir que j'avais le cœur libre. Avec son expérience de femme du monde, elle pouvait affirmer que la passion est inutile, dangereuse même pour le bonheur conjugal ; il était certain que la sympathie, avant, assure l'amour, après. D'ailleurs j'étais une intellectuelle, fort au-dessus des puérilités du sentiment, et je devais choisir un mari intelligent, hardi, un garçon d'avenir, qui ferait vite son chemin.

MONSIEUR LANCELOT.

Mon silence lui paraissant de bon augure, madame Gérard lança brusquement le nom de M. Lancelot, qui réalisait toutes les vertus requises pour « arriver ». Je répondis avec simplicité que M. Lancelot me faisait beaucoup d'honneur, mais que je me sentais incapable de lui apporter une aide efficace, et qu'il risquerait, en m'épousant, une grosse déception.

Après tout, M. Lancelot ne manquerait point de bons partis, et le Néo-Idéalisme n'avait nul besoin de prendre le deuil.

Comme toutes les marieuses, madame Gérard considérait qu'en refusant un fiancé de sa main, je lui faisais une injure personnelle. Avec des lèvres pincées et un mouvement des sourcils, elle répliqua que j'étais libre, que je connaîtrais un jour tout le mérite de M. Lancelot, et que je regretterais de ne pas avoir accordé un crédit de quelques mois à ce jeune homme.

— Mais, chère madame, m'écriai-je en lui prenant la main — car je ne voulais point lui causer de peine — je vous suis très reconnaissante de votre bonne intention. Malheureusement je n'aime pas monsieur Lancelot, et, ma liberté ne me pesant point, je ne l'échangerai que contre les réelles joies d'un amour partagé. Je ne suis nullement ambitieuse, et la perspective de préparer toute ma vie les élections de mon époux ne me semble pas très séduisante.

Madame Gérard se dérida un peu, poussa quelques soupirs et, me regardant dans les yeux :

— Écoutez, Hellé, vous feriez mieux de me dire la vérité. On vous a monté la tête.

— *On*, madame? Quel est cet *on*, s'il vous plaît?

— Je sais... je sais...

— Mais je ne comprends plus du tout.

Elle hésita et, tout à coup, avec la volubilité du ressentiment qui ne se contient plus :

— C'est ce monsieur Genesvrier. Il est amoureux de vous. Tout le monde le dit. Il est toujours chez votre oncle, lui qui ne va chez personne, et c'est un scandale de voir que monsieur de Riveyrac se laisse circonvenir par un individu qui fréquente la crapule — oui, Hellé, la crapule ! — et écrit des livres subversifs. Parbleu, avec ses trente-cinq ans, avec ses cheveux gris, sa mauvaise humeur et les quatre sous qui lui restent d'une belle fortune mangée on ne sait comment, il serait trop heureux de vous épouser pour se ménager une rentrée dans le monde, dans *son monde* où l'on ne veut plus le recevoir.

— Madame, dis-je avec une émotion extraordinaire, vous oubliez que monsieur Genesvrier est notre ami, qu'il est le neveu de madame Marboy, et que personne n'a le droit de suspecter ses intentions.

— Vous voyez bien que vous le défendez !

— Je défendrai quiconque sera injustement attaqué devant moi, à propos de moi. Monsieur Genesvrier est un homme de talent, un honnête homme que je n'aime point, madame, mais que j'estime un peu plus que monsieur Lancelot. Je sais qu'il a disposé de sa fortune, de quelle façon et dans quel dessein. Madame Marboy m'a tout raconté. Monsieur Genesvrier ne songe point à m'épouser et, bien loin de prétendre aux bonnes grâces de son monde, il vit dans la retraite et ne s'inquiète que de ses travaux.

— Vous en parlez bien chaudement, Hellé, et si monsieur Genesvrier vous demandait en mariage...

— Je ne sais ce que je répondrais, madame, et ceci ne regarde que moi ; mais je puis vous affirmer qu'entre l'amitié de monsieur Genesvrier et l'amour de monsieur Lancelot, mon choix ne serait point douteux... Après tout, que vous importe? Pourquoi me chercher une querelle en attaquant, à cause de moi, un homme qui ne vous a fait aucun mal? J'en suis étrangement surprise et affligée.

Il y eut un silence. Madame Gérard fondit en larmes. Elle déclara qu'elle était malheureuse et bien sotte de s'occuper ainsi des autres pour leur bonheur ; qu'on ne l'y prendrait plus ; que peut-être la colère l'avait emportée un peu loin et qu'elle regrettait ses paroles.

Je me prêtai à son désir de réconciliation, et je promis de ne rien conter à mon oncle. Madame Gérard, aussitôt consolée, partit en s'essuyant les yeux.

XIV

« Cette bonne dame est parfaitement folle, pensai-je après la sortie de madame Gérard. Elle ne peut pardonner à Genesvrier de n'avoir point étalé chez elle son génie et son marquisat. Il est certain qu'il préfère la société de mon oncle... Les médisants expliquent son assiduité par l'amour, car partout où un homme et une femme sont en présence, on cherche la petite aventure sentimentale. Quelle ridicule idée ! Genesvrier amoureux !... »

Je songeai que la colère de madame Gérard était significative, et que la « grosse pie », si odieuse à l'oncle Sylvain, avait dû s'épancher déjà dans le sein de plusieurs confidentes. Peut-être la moitié des gens que je rencontrais chez les Gérard étaient-ils informés de la prétendue passion de Genesvrier — peut-être la crainte d'être devancé par le « marquis » avait-elle précipité la déclaration de Lancelot... Je prévis de sots commérages.

POURQUOI ME CHERCHER UNE QUERELLE...

Si j'avais été seule en cause et tout à fait libre, je n'y aurais attaché aucune importance, mais je savais qu'une vieille affection unissait mon oncle et M. Gérard. Je voulais empêcher la rupture. L'idée me vint de me confier à madame Marboy, qui pourrait, au besoin, prévenir les imprudences de son amie.

Il était cinq heures. Mon oncle ne devait pas rentrer avant le dîner. Je pris une voiture et je me fis conduire rue Pergolèse.

Madame Marboy était seule, par bonheur. Je lui racontai la visite de madame Gérard, la proposition faite au nom de M. Lancelot, et les sentiments invraisemblables qu'on prêtait à Genesvrier.

Madame Marboy commença par rire, puis elle devint grave.

— J'imagine, me dit-elle, que vous ne croyez pas un mot des sottes calomnies qu'on vous a débitées à propos de mon neveu. J'en aurais un extrême chagrin.

— Vous pouvez vous rassurer, bonne chère amie. Je crois monsieur Genesvrier incapable d'un sentiment bas... de même que je le sais incapable d'amour.

— Mon Dieu ! dit madame Marboy avec un sourire, on ne sait jamais, ma chère enfant, si un homme supérieur est incapable d'amour. Il me paraît, au contraire, beaucoup plus exposé à la passion qu'un médiocre.

— Comment ! m'écriai-je, monsieur Genesvrier aurait aimé !

— Je n'en sais rien. C'est le secret d'Antoine, et je vous affirme que personne n'a jamais pénétré ses secrets. Je ne pense point qu'il soit amoureux, et je ne lui souhaite pas de le devenir. Il a autre chose à faire que de soupirer près d'une brune ou d'une blonde, et l'immense majorité des femmes le renverrait à ses travaux. La compagne qu'il rêve — s'il rêve — n'existe nulle part. Vous-même, Hellé, dont il admire la haute intelligence, vous-même n'auriez pas le goût, ni le courage d'associer votre vie à la vie de Genesvrier. J'avoue que si j'étais une fille de vingt ans, Antoine, tout admirable qu'il est, ne me séduirait guère. Je n'en ferais pas mon fiancé, mais je serais fière et heureuse qu'il voulût bien être mon ami.

— C'est ce que j'aurais souhaité, madame. Mon oncle aime infiniment monsieur Genesvrier. Pour moi, je l'estime et... c'est étrange... je dirais presque, je le crains... Oui, je redoute le sentiment défavorable que mes idées et mes paroles pourraient lui inspirer. Je suis mal à l'aise avec lui, et son regard pèse sur moi d'une manière presque insupportable.

— C'est étrange, en effet, car vous n'êtes pas nerveuse, et le regard d'Antoine n'a rien de malveillant.

— Je me suis demandé parfois si je ne lui paraissais pas ridicule, parce que je ne ressemble point aux autres jeunes filles.

— Cette dissemblance serait, au contraire, un élément de sympathie, fit madame Marboy, pensivement... Non, Hellé, Antoine ne vous trouve point ridicule. Il n'éprouve aucun sentiment qui vous soit défavorable... mais... c'est un homme singulier. Il possède un don tout spécial de pénétrer les âmes, et peut-être vous connait-il plus profondément que vous ne vous connaissez vous-même. Je vous ai parlé de lui sur un ton plaisant ; je l'ai nommé l'*ours* et le *sauvage*... Mais, sans partager ses idées et ses opinions, sans approuver son mépris du monde et l'isolement où il se complaît, je lui rends justice. Antoine avait sous la main un bonheur tout fait, ou du moins ce qu'on appelle le bonheur. Il pouvait employer sa fortune, son intelligence, au service de ses passions... Que s'est-il passé dans son cœur? Il a voulu, dit-il, réaliser la justice autant qu'il dépendait de lui, dans la sphère bornée de son action. Il a jugé qu'il n'avait point de droit sur son immense fortune, et il l'a partagée entre ceux qu'elle pouvait le mieux servir. Il a donné à quelques artistes inconnus le moyen de se relever par des œuvres que leur pauvreté leur défendait d'exécuter. Il a permis un repos salutaire à un écrivain pauvre et malade, qui est glorieux aujourd'hui. Il a recherché, dans le peuple, des êtres condamnés à la routine d'un travail stérile, et il leur a enseigné l'art d'utiliser leur énergie et leur initiative... Cette abnégation est peut-être folle, peut-être utile. On ne saurait la proposer comme exemple, mais elle a sa grandeur.

— Je vous remercie de m'avoir donné ces détails, répondis-je. Ils éclairent le caractère de monsieur Genesvrier.

— Remarquez bien, dit vivement madame Marboy, que je ne partage point les idées de mon neveu. Je suis, comme il le dit, une vieille aristocrate qui a peur des grands mots, du bruit, des secousses, et qui oppose au mal non pas la révolte, mais la résignation. C'est une vertu qu'on ne pratique guère aujourd'hui et que Genesvrier, dans ses écrits, semble méconnaître. C'est un grand révolté.

Elle jeta un coup d'œil machinal sur la petite table qui supportait des livres, des journaux , des papiers mêlés aux écheveaux soyeux et aux broderies.

— Quelle différence avec l'aimable, le raffiné Maurice Clairmont ! dit-elle. Celui-ci ne se révolte point. J'ai là une lettre de lui où il me raconte qu'il fait le coup de feu en Macédoine, qu'il est charmé, que des brigands l'ont pris, qu'il leur a payé rançon et qu'il a failli les enrôler contre les Turcs... Enfin il est l'homme le plus heureux du monde. Il trouve que tout est bien, que tout est beau.

— Oui, il paraît être un de ces hommes que la fortune favorise. J'ai lu ses vers ; je pressens en lui un grand poète.

— Soyez sûr qu'il est de votre avis ! dit madame Marboy avec un coup d'œil malicieux. Maurice marche vers la gloire avec une superbe confiance. Il est aimé, il est gâté, il est admiré. Je m'étonne qu'il ne soit point devenu détestable. Il a seulement besoin que la vie le mûrisse et l'éprouve un peu...

— Et... il reviendra...

— Dieu sait quand ! Jamais Maurice n'a su calculer une date. Il est parti pour deux ans. Nous le reverrons au printemps prochain, à moins qu'une belle Grecque ne l'enlève.

Je soupirai malgré moi :

— Heureux les hommes ! Ils peuvent courir le monde impunément. Ah ! si j'étais monsieur Clairmont...

— Vous n'avez pas à vous plaindre, Hellé. Allons, embrassez-moi. Votre retard inquiéterait votre oncle. Je verrai cette perruche de Gérard, et lui clorai le bec. A bientôt, chère enfant.

XV

— D'où viens-tu? s'écria mon oncle quand j'entrai dans la salle à manger. Babette m'a dit que madame Gérard était venue et qu'elle était repartie avec un air bouleversé...

— Je suis allée voir madame Marboy, répondis-je en ôtant mon chapeau... Oui, madame Gérard est venue, et vous saurez pourquoi.

— Tu ris?

— Comme vous allez rire... Imaginez-vous, mon oncle, que cette bonne dame allait vous demander ma main.

— Vraiment, et pour qui donc?

— Pour un monsieur qui sera ministre, académicien, etc.

— Lancelot?

— Lui-même.

— Et... tu as dit non?

— Si j'avais dit oui, mon oncle, vous seriez bien étonné.

Je racontai à l'oncle Sylvain les projets et les ambitions de M. Lancelot et la fuite éperdue de madame Gérard après l'échec de son candidat. Avec de grands éclats de rire et avant que j'eusse deviné son intention :

— Genesvrier ! cria-t-il en poussant la porte du salon, Genesvrier, ma nièce est revenue. Elle ne s'est point fait écraser par les voitures, comme vous en aviez peur, mais elle l'a échappé belle : la mère Gérard a voulu la marier à un futur ministre, à un futur académicien !

— Oncle Sylvain, taisez-vous, je vous en prie ! dis-je, en apercevant Antoine Genesvrier assis dans le salon.

— Bah ! il faut bien nous divertir un peu aux dépens des barbares ! répliqua l'oncle, qui ne pouvait manifester assez la joie que lui causait ma résolution. Hellé épouser le petit Lancelot ! Hellé devenue la « dame » du ministre ! Hellé préparant des élections ! Hein ! Genesvrier, voyez-vous cela? Il n'est pas bête, le jeune Lancelot, il n'est pas bête !

— Monsieur, fis-je en riant malgré moi, je n'aurais pas divulgué le secret de monsieur Lancelot, mais mon oncle est impitoyable. Il voudrait me donner pour femme à Phébus Apollon.

Genesvrier sourit :

— Je ne répandrai point le bruit de l'échec de monsieur Lancelot, dit-il, mais je connais les livres de ce jeune homme et serais fort étonné qu'une personne de votre caractère se laissât prendre au piège de cette littérature.

— L'œuvre fait juger l'auteur. Mais soyons charitables, mon oncle. Cessez d'accabler monsieur Lancelot, puisqu'il ne vous prendra point votre trésor !

— Certes, tu es mon trésor, dit l'oncle Sylvain, posant d'un geste affectueux sa main sur ma chevelure... Je ne t'ai point couvée précieusement pour un Lancelot. N'est-ce pas, Genesvrier, que j'ai le devoir d'être difficile et le droit d'être fier? N'est-elle pas deux fois ma fille?

— Vous faites beaucoup d'envieux, dit Genesvrier.

Il nous regardait, l'oncle et moi,

appuyés l'un à l'autre, et pour la première fois, sur ce visage sombre, passait une étrange douceur.

— Venez, mon oncle, venez à table, et vous, monsieur, pardonnez-moi ; j'ai oublié l'heure près de votre tante ; écoutez Babette qui grogne toute seule parce que le potage refroidit.

L'oncle Sylvain m'expliqua qu'il avait eu l'idée d'aller chercher son ami. Il ne se passait guère de semaines sans qu'il l'amenât ainsi, à l'improviste, et ces visites fréquentes avaient fort intrigué madame Gérard.

Le repas fut plus gai que de coutume. Je sentais, dans les manières de Genesvrier, je ne sais quelle mystérieuse détente. Lui qui parlait peu et rarement se laissait aller à raconter quelques détails de sa vie, et l'origine de ce livre du *Pauvre*, auquel il travaillait depuis si longtemps. C'était sous une forme très simple, accessible à tous, l'histoire de la misère telle que l'ont faite les conditions économiques contemporaines, misère du corps et de l'âme, misère de l'artiste et de l'ouvrier, misère de l'homme et de la femme, — et la sinistre épopée aux innombrables figures réelles et symbolistiques se déroulait de l'hôpital où l'on naît à l'hôpital où l'on meurt, à travers les écoles, les ateliers, les asiles, les bouges et les prisons. Genesvrier avait observé d'après nature tous les types du « pauvre » contemporain. Il avait montré les forces perdues, les intelligences inutilisées, tous ces éléments de haine et de mort avec quoi on pourrait faire de la vie, du bonheur et de la beauté.

TU ES MON TRÉSOR...

Je le regardais en l'écoutant ; il n'avait point ces qualités de conversation qui charment les mondains et les femmes, la grâce alerte, l'abondance des images, l'esprit, l'ingéniosité. Il semblait arracher du fond de son âme, comme avec un pic, l'expression fruste, forte et vivante. Parfois son discours bref, haché, atteignait à l'éloquence par des raccourcis de phrase qui concentraient la pensée, vigoureusement. Alors les yeux enfoncés sous de saillantes arcades, la bouche aux grands plis tristes, le vaste front martelé, s'illuminaient d'un flamboiement intérieur.

Après dîner, mon oncle passa dans la bibliothèque pour écrire quelques lettres. Genesvrier continua pour moi le récit commencé... Soudain il s'arrêta, comme saisi d'une gêne singulière.

Je l'interrogeai des yeux.

— Je crains de vous fatiguer, mademoiselle Hellé, dit-il pendant que je lui tendais une tasse de café. Votre oncle veut bien s'intéresser à mes travaux, mais vous !... Pour vous, les choses dont je vous parle sont plus lointaines, plus inconnues que l'Amérique... et tout aussi indifférentes.

— Me supposez-vous incapable de m'intéresser à ce que j'ignore? dis-je d'un ton piqué. Vous partagez la commune opinion sur la médiocrité intellectuelle des femmes.

— Vous vous trompez, répondit-il gravement. J'ai vu des femmes très intelligentes, y compris ma tante Marboy et vous-même, qui représentez deux types opposés ; mais l'éducation de la femme la rend indifférente à toute question générale. Oui, la femme s'émeut pour ce qui la touche, l'offense, ou la flatte directement. Elle ne déborde pas sa propre vie.

— C'est moins un défaut de nature qu'un vice d'éducation. On concentre sur le foyer familial toutes les énergies de l'âme féminine, et c'est pourquoi elle ne voit rien au delà. Cependant, il y a des femmes plus riches en énergie et qui, sans frustrer leur famille, se dépensent dans les arts, les affaires, la charité.

— Sans frustrer leur famille? Il n'est point de famille qui ne se croie frustrée si la femme ne s'asservit à elle, uniquement. C'est la tare du sentiment familial, cet égoïsme à plusieurs, ces affections jalouses de propriétaires. Aussi les femmes riches d'énergie, comme vous dites, sont-elles le plus souvent exclues des petits groupes humains, obligées d'appartenir à tous et à personne. J'en ai connu quelques-unes, véritables Sœurs de charité dont j'ai admiré le zèle apostolique. Celles-là n'avaient, pour la plupart, ni mari ni enfants. L'homme, lâche, avait eu peur de ne point les réduire à son seul service. Elles vivaient et mouraient isolées, comme vivent et meurent les grands artistes, les saints... Et, pourtant, que ne ferait point la pensée soutenue par l'amour, le génie de l'homme uni au sublime instinct de la femme ! Mais ceux qui pourraient s'associer ainsi ne se rencontrent jamais... ou, s'ils se rencontrent, ils ne se reconnaissent point.

Il rêva un instant et reprit :

— Je vous parle franchement, d'abord, parce que je ne sais point flatter, ensuite parce que je vous estime.

— Je vous en remercie.

— Eh bien, — il hésitait, — je dois vous le dire : si je me suis laissé entraîner à parler comme j'ai parlé, ce soir, c'est parce que j'espérais éveiller en vous une curiosité... des aspirations...

— Comment cela ?

— Vous êtes très intelligente, mademoiselle, et l'éducation que vous avez reçue a développé en vous d'extraordinaires facultés... Pourtant j'ai des raisons de croire que ces facultés seront stériles et que vous les emploierez seulement à votre plaisir intellectuel... C'est le vice unique de votre éducation...

Je rougis un peu :

— Expliquez-vous, monsieur Genesvrier.

— Monsieur de Riveyrac, que la Grèce a fasciné, a tenté d'incarner en vous l'âme antique. Je crois qu'il y a presque réussi. Mais, pour arriver à ce résultat, il a dû vous cloîtrer dans une forteresse idéale, et vous vous êtes trouvée si bien que vous n'en savez plus sortir. Je le regrette, malgré moi, parce que je devine ce que vous êtes, ce que vous valez, ce que vous pourriez faire... Vous avez vécu avec les morts ; ils ont gardé votre âme, cette âme que vous devez aux vivants. Permettez-moi de dire toute ma pensée : pour que l'œuvre de votre oncle portât des fruits, pour que votre éducation ne fût pas stérile, il vous faudrait, dès maintenant, entrer dans la vie... il faudrait...

Il se leva.

— Non, oubliez ce que j'ai dit. Vous ne pouvez savoir... Il n'est pas temps encore. Je vous parais étrange, importun, n'est-ce pas ?

— Je crois que vous voulez me convertir à une religion inconnue, dis-je en souriant. Vous parlez comme un apôtre qui veut faire des prosélytes.

— Peut-être me suis-je fort maladroitement exprimé... Mais nous recauserons de cela, plus tard... à moins qu'un courant d'événements imprévus ne vous entraîne.

— Vous êtes donc bien timide, monsieur ?

— Je crains de vous blesser par ma brutale franchise.

— Nullement. Je ne me crois point parfaite, et tout à l'heure vous m'avez fait plaisir en disant que vous m'estimiez.

Il fixa sur moi ses yeux dont jamais je n'avais discerné la couleur, car ils variaient par l'éclat, non par la nuance, prunelles d'ombre le plus souvent, et parfois prunelles de lumière. A cette minute, ils rayonnaient, et c'était, comme dans un éclair aussitôt évanoui, la brève, la magique transfiguration de tout ce visage.

— Puisque vous ne me gardez point rancune de ma sincérité, dit-il, laissez-moi vous présenter une requête.

— En faveur de qui ?

— Il ne s'agit pas de moi, mais d'une femme.

— Une femme... que vous connaissez ?

Il parut surpris de ma sotte question, et je me sentis rougir sans savoir pourquoi.

— Cette jeune femme, dit-il, a vécu longtemps avec un de mes amis, un typographe, un ouvrier intelligent et bon. Il est mort, la laissant enceinte, malade, sans ressources. Elle vient d'accoucher à la Maternité. C'est une femme du peuple, courageuse et simple, très habile ouvrière. Elle va sortir de l'hôpital avec son enfant. Il faut lui procurer du travail. J'ai pensé que vous pourriez vous intéresser à elle.

— NON, OUBLIEZ CE QUE J'AI DIT.

— Très volontiers. Il suffit qu'elle soit recommandée par vous.

— Je vous remercie. J'avais songé à vous faire parler par tante Marboy, mais... toute bonne qu'elle est, madame Marboy n'a pu se défaire de certaines superstitions... Elle ne refuserait pas d'aider une fille-mère, mais elle refuserait de vous mettre en rapport direct avec elle, vous, une jeune fille, une jeune fille honnête, pure, bien élevée, et qui devez ignorer le mal.

— Vous croyez que...

— J'en suis sûr, mademoiselle. Ma tante me blâmerait fort de vous avoir parlé de ceci franchement, sans pruderie. Mais c'est à vous, à vous particulièrement, que je voulais m'adresser. Je sais que vous n'avez aucun préjugé, que vous saurez, d'instinct, discerner celle qu'il faut plaindre de celle qu'on peut mépriser... si l'on a le droit de mépriser quelqu'un, ce dont je doute. La jeune femme dont je vous parle est une vaillante créature, et, malgré l'abominable préjugé qui la marque d'infamie, elle a doublement droit au respect, par la maternité et son infortune.

— Eh bien, dis-je, comptez sur moi. Pourrai-je voir votre protégée ?

— Elle est encore à l'hôpital.

— Qui s'occupe d'elle ?

— Personne.

— Excepté vous.

— Je ne compte pas. Vous ne soupçonnez point ce que peut souffrir une femme isolée parmi les mercenaires de l'Assistance, une femme qui a été aimée, et qui a été heureuse... Assurément mes visites la consolent un peu ; elle ne se sent pas complètement abandonnée, mais que puis-je lui dire ? Je ne sais pas lui parler de son enfant... Il faudrait la présence, la bienveillante compassion d'une femme... Dans ces circonstances délicates, tout homme est un peu maladroit.

— Si j'osais... je vous accompagnerais bien.

— Et pourquoi n'oseriez-vous pas? Parce que vous êtes une jeune fille? parce que vous craignez le spectacle de la douleur?

— Alors emmenez-moi.

— Si votre oncle l'autorise...

— Mon oncle me laisse entièrement libre, et, de plus, il a une extrême amitié pour vous.

— Vous savez que ce ne sera point gai.

— Peu importe.

— Je viendrai vous chercher demain.

J'attendais quelques paroles d'éloge et de remerciement, mais Genesvrier ne me dit rien de tel.

Mon oncle, en rentrant, interrompit notre causerie. Nous lui racontâmes notre projet, qu'il approuva.

« Et c'est l'homme que madame Gérard croit amoureux! me disais-je après le départ de Genesvrier. Quelle sottise ! Sa passion dépasse la femme ; elle se hausse et s'élargit pour embrasser l'humanité. Pourtant il s'intéresse à moi. Sa sollicitude, sa sévérité tendent à m'entrainer par une voie mystérieuse vers un but qu'il connaît seul. *Vous avez vécu avec les morts; ils ont gardé votre âme, cette âme que vous devez aux vivants.* Et n'a-t-il pas dit : « Que ne ferait le génie de l'homme aidé par le sublime instinct de la femme? » Je vous ai bien compris, monsieur Genesvrier. Parce que j'ai refusé d'épouser Lancelot, vous espérez me conquérir à vos théories!

» Mais je n'aime pas l'humanité, moi, j'aime des choses et des gens... Je ne suis pas faite pour le sacrifice et le dévouement perpétuel. J'ai, trop violemment, le goût de la vie heureuse... Pourquoi ai-je promis à Genesvrier de l'accompagner demain à cet hôpital ? En réalité, cela n'émeut que ma curiosité, non mon cœur. Peut-être ne suis-je pas très bonne ! J'aurais préféré envoyer des secours à la malade, lui procurer du travail plus tard. Que dirai-je à cette femme que je ne connais pas? Et cet enfant? Jamais je n'ai touché un enfant.

» Voilà mon crime, selon Genesvrier. Voilà le vice de mon éducation. Je me plais dans mes livres, dans mes rêves, dans l'illusion d'un univers sans souffrances et sans laideurs. Il veut m'arracher à cet asile idéal où je vis « avec les morts ». Et je lui ai cédé, j'ai subi, malgré moi, l'ascendant inexplicable qu'il exerce sur l'oncle Sylvain.

» Pourquoi? Si j'aimais Genesvrier, ce serait naturel et tout simple. Aimer, c'est l'épanouissement joyeux de l'âme. Je n'aime pas cet homme, — mais, tout à l'heure, je l'ai presque admiré. »

VOUS AVEZ VU LES MARCHANDES...

XVI

— Ces bâtiments que vous voyez composaient l'abbaye de Port-Royal de Paris, me dit M. Genesvrier comme nous entrions dans la cour de la Maternité. Ici vécurent la mère Angélique, Jacqueline Pascal, et cette duchesse de Roannez, que Pascal aima, dit-on. Ces deux pavillons garnis de treillage vert, adossés au mur du boulevard, reçoivent les enfants débiles... Regardez ces gens qui traversent la cour : ce sont les parents, les amis, qui viennent visiter leurs malades. Ils apportent les friandises autorisées par le règlement : des oranges, du chocolat, et aussi des fleurs. Vous avez vu les marchandes, sous le porche, avec leurs paniers de violettes à deux sous ? Les femmes de toutes classes, les convalescentes surtout, ont la passion des fleurs. Les fleurs, c'est un peu de nature, c'est l'œuvre de la terre et du soleil, le symbole charmant de la vie...

— Vous avez raison, dis-je, frappée d'une idée imprévue. Attendez-moi une minute. Je vais chercher des violettes pour votre protégée.

— Ne vous en préoccupez donc pas, répondit-il gaiement. Je n'ai pas oublié le petit bouquet du jeudi. Je l'ai mis en sûreté dans les vastes profondeurs de ma poche. Cela vous étonne ? Mais, mademoiselle, ces petits plaisirs sont de grands bonheurs pour les malades. Songez que Marie Lamirault est ici depuis trois mois, qu'elle a failli mourir, et qu'on la garde pour protéger sa convalescence.

— Pauvre femme !

— Louis Lamirault, dont je vous ai parlé déjà, m'a fourni un des types les plus curieux de mon livre. C'était un ouvrier à demi cultivé, fier, ombrageux, sensible, qui souffrait de son infériorité intellectuelle au contact des gens plus instruits, et de sa supériorité morale au contact des gens plus grossiers que lui-même. Il sentait la médiocrité de sa vie et s'en irritait. Il voulait étudier, comprendre... Pauvre diable ! La mort a déçu ses ambitions. Celui-là fut une force stérile... Comme il avait peu d'amis, étant morose et hautain, malgré sa réelle bonté de cœur, sa femme est demeurée seule, sans ressources... et l'enfant allait venir ! J'ai pu faire admettre ici cette malheureuse, et je voudrais la sauver de la misère, du désespoir, des tentations qui ches, et nous nous trouvâmes dans le cloître qui ferme sur trois côtés la cour intérieure de l'hôpital.

Une galerie régnait au-dessus des arcades, et j'apercevais des blancheurs de rideaux, des silhouettes d'infirmières, des nourrices riant au soleil avec leurs poupons. Par moments, des relents de cuisine et de pharmacie se répandaient par les

LA DÉCOUPURE DES VIEUX TOITS...

attendent. Elle est jolie, elle a vingt ans. C'est terrible.

— Vous la sauverez.

— Avec votre aide. Vous pourrez pour elle beaucoup plus que je ne peux. Je serais bien surpris qu'elle ne vous fît pas une impression favorable.

La découpure des vieux toits couverts de tuiles se dessinait sur l'azur acide d'un ciel de mars. Les bourgeons éclataient dans l'air tiède. C'était une de ces journées qui sentent le printemps proche, où l'âme et le corps semblent s'épanouir.

M. Genesvrier gravit quelques marches, et nous nous trouvâmes dans le cloître qui ferme sur trois côtés la cour intérieure de l'hôpital.

couloirs. Des filles de service passaient, emportant des plats dans des paniers, du lait dans des vases de fer battu qui s'entrechoquaient bruyamment sous la galerie sonore.

Près de la cuisine, une grande porte ouvrait sur le jardin aux charmilles taillées dans le goût du XVIIe siècle. Nous montâmes un escalier majestueux dont les marches usées avaient vu passer les processions des religieuses jansénistes, et nous parvînmes sur un palier devant une porte surmontée de cette inscription : *Salle Baudelocque.*

M. Genesvrier me précéda.

La salle où je pénétrai à sa suite ne ressemblait pas aux salles des hôpitaux neufs. Formée par les anciennes cellules dont on avait abattu la cloison, elle présentait une sorte de couloir entre une double série de logettes opposées, peintes d'une couleur vert tendre. Chaque logette, éclairée d'une large fenêtre, contenait un lit et un berceau.

Dans chaque lit il y avait une femme ; dans chaque berceau, un nouveau-né. L'atmosphère était douce, lourde, saturée de l'odeur des antiseptiques. Parfois, parmi les chuchotements des visiteurs et les appels des infirmières, parmi les tintements clairs de la porcelaine et du cristal, un vagissement grêle montait et, tout au fond de la longue salle, répondait un vagissement pareil. Une lumière crue tombait des hautes vitres sur les figures pâles et les linges blancs.

JE VIS UNE JEUNE FEMME...

Assises sur leur lit, quelques femme causaient avec des visiteurs qui roulaient entre leurs mains l'humble cadeau traditionnel, les oranges enveloppées de papier de soie. C'étaient des femmes d'ouvriers ou de petits employés, de placides ménagères qui étaient venues là, en habituées, pour la cinquième ou sixième fois. Elles faisaient soupeser leur mioche, dont on ne voyait qu'un peu de chair rouge dans un lange crémeux, et les aînés, rangés derrière le père, contemplaient, stupides de surprise, les yeux agrandis et ronds.

D'autres étaient seules dans leur logette, et celles-là semblaient n'attendre personne. Il y en avait de très jeunes aux yeux naïfs de madones campagnardes, toutes hâlées encore par l'air des champs. Il y en avait de presque vieilles dont les bandeaux gris, les rides d'aïeules, le sein flétri, affligeaient mon regard. Il y en avait de farouches, allongées sur le flanc, le poing dans leur chevelure, de résignées qui fermaient les yeux comme des bêtes malades, et d'autres, dont les belles dents avaient trop aimé à rire, et d'autres dont les yeux tragiques avaient dû beaucoup pleurer. Chacune me regardait au passage, d'un air d'envie, de curiosité d'indifférence, et je songeais à la destinée qui les avait rassemblées là, lamentable troupeau maternel, épaves de la misère, épaves de l'amour, par qui se perpétuent la vie et la souffrance.

Au bout du dortoir, Genesvrier s'arrêta :

— Bonjour, Marie ! dit-il. Je vous amène une visiteuse.

Une tête inclinée se leva, pâle et charmante. Je vis une jeune femme de mon âge, brune, délicate, vêtue d'une camisole de toile largement ouverte. Elle allaitait son enfant, et je compris qu'elle devait souffrir, à la contraction de sa bouche.

Elle ne dit rien, peut-être par timidité, peut-être parce qu'elle était toute à la belle tâche douloureuse, toute à l'enfant dont la bouche vorace suçait son sein en le blessant.

— Vous souffrez toujours, Marie ?

demanda Antoine, avec un accent de douceur qui me surprit.

— Toujours, monsieur Genesvrier... C'est cette crevasse qui ne guérit pas... J'ai très mal, mais le petit pousse bien, n'est-ce pas?

— A merveille.

Il se tourna vers moi :

— Cette jeune fille, Marie, est une de mes amies : mademoiselle de Riveyrac. Elle voulut vous voir parce que vous êtes malheureuse. Elle vous donnera du travail. Qu'avez-vous, Marie? Ne pleurez pas. C'est très mauvais pour votre enfant. Une femme ne devrait jamais pleurer quand elle est nourrice. Il faut avoir du courage. On ne vous abandonnera pas.

— Je sais... je sais... Mais ça me fait de la peine quand je vous vois, monsieur Genesvrier, du plaisir et de la peine... Je pense à l'ancien temps, à mon pauvre Louis... Ah !

Elle baissait la tête, et je voyais avec une émotion inconnue des larmes glisser sur la joue et tomber sur la tête fragile du nourrisson. Bien qu'elle ne m'eût point parlé, qu'elle m'eût regardée à peine, sa jeunesse, son malheur m'attiraient. Je souhaitais la consoler, et je ne savais que lui dire.

— Savez-vous, Marie, que mademoiselle de Riveyrac est très curieuse de voir votre petit enfant? Elle n'a jamais vu un nouveau-né. Cela vous parait drôle?... Oh ! il ne faut pas le lui donner. Elle le laisserait tomber. Les jeunes filles sont maladroites.

— Mais non, dis-je, vous me calomniez. J'oserai tenir ce bébé. Il faut bien que je le connaisse, puisque nous l'adopterons, vous et moi. Donnez-le-moi, madame. Oh ! qu'il est lourd, qu'il est beau !

— N'est-ce pas? fit-elle.

Et un éclair d'orgueil passa dans son doux œil noir tout humide.

Il me paraissait bien léger, le pauvre petit, et parfaitement horrible avec sa peau cramoisie, ses traits tuméfiés, la dépression molle de son crâne. Cependant, d'instinct, j'avais trouvé le mot qui réjouit les mères, le double hommage à leur vertu de créatrices : « Oh ! qu'il est lourd ! qu'il est beau ! »

Je le tenais gauchement sur mes genoux,

— OH ! QU'IL EST LOURD !...

et des limbes obscurs de mon âme émergeait pour la première fois une pensée, si vague : « Un jour, peut-être, moi aussi... » Jamais je n'avais désiré, imaginé, rêvé cela... J'en ressentais un malaise intérieur, une gêne, comme le travail secret d'une éclosion. Et pourtant cela n'avait rien de singulier, puisque j'étais une femme, puisque j'avais un cœur et des entrailles, et que l'espoir de la maternité ne m'était pas interdit. A force de contempler ce petit être, cette larve qui d'abord m'avait émue de dégoût, je ne sais quelle douceur me venait à l'âme, de la pitié, de la peur et le respect tendre qu'inspire un objet sacré. Elle ne me semblait plus si laide, maintenant, la frêle fleur humaine; et, soulevant l'enfant avec maladresse, je baisai le bout de ses petits doigts.

Il bougea, et j'en fus si effrayée que Genesvrier se hâta de le prendre et de le replacer dans son berceau.

La mère, accoudée, nous regardait, oubliant son sein nu dont la pointe blessée dardait une rougeur sanglante. Ses yeux, fixés sur Antoine et sur moi, trahissaient les pensées vagues qui flottaient en elle, déférence, stupeur, curiosité, prescience obscure.

Je lui adressai encore quelques mots d'encouragement auxquels elle répondit par des monosyllabes et par l'éloquence de ses grands yeux. Quand nous nous retirâmes, je remarquai que Genesvrier avait tiré des oranges de sa poche et les avait posées sur le lit avec des violettes, comme faisaient les pauvres gens. Cette délicatesse me toucha.

Dehors, sous les platanes du boulevard, dans le clair soleil, je respirai avec délices. Mon compagnon marchait près de moi, la tête inclinée. Il parla enfin :

— Regrettez-vous votre visite ?

— Non, certes. Tout ce que j'ai vu est émouvant et instructif, quoique bien pénible... Cette jeune femme me plaît. Elle a un air de candeur et de grâce.

— Et si elle était laide? dit Genesvrier en souriant. Vous eût-elle intéressée au même point?

— Pas tout de suite ! répondis-je en rougissant, car je sentais l'injustice de mon sentiment et ne savais point mentir.

— Eh bien, mademoiselle Hellé, il faudra vaincre cette espèce de sensualité de l'esprit, qui est le vice de beaucoup d'artistes. Vous n'aimez que ce qui est beau, c'est-à-dire agréable aux yeux. Il y a des infortunes dignes de pitié sous une forme hideuse. Il y a des laideurs sacrées.

— Vous parlez comme un chrétien.

— Je parle comme un homme de mon temps. Croyez-vous qu'on puisse supprimer dix-neuf siècles d'histoire, mademoiselle Hellé ? Je ne suis pas chrétien, mais je n'ai pas oublié l'Évangile. Ah ! si vous vouliez !

— Vous me convertiriez ?

— A l'éternelle religion qui subsiste sous toutes les religions et que ne détruit pas la chute des temples : à la religion de la justice... Non pas la froide Thémis de l'antiquité, mais la justice éclairée par l'amour... J'ai bien vu que vous vous êtes attendrie sur cette jeune mère et sur ce petit enfant. Si je vous montrais, dans des endroits que je sais, des misères moins poétiques et plus terribles, ne détourneriez-vous pas les yeux? Hellé, si vous pouviez surmonter certaines répugnances, quelles émotions j'offrirais à votre cœur !

— Essayez.

— Ce qui me plaît en vous, c'est que l'éducation qui ne vous a point achevée, à mon sens, ne vous a pas gâtée irrémédiablement. Vous n'êtes ni romanesque, ni sentimentale, tant mieux ! Sans fausse sensiblerie, sans préjugés, vous n'invoquerez pas contre moi cette pudeur bourgeoise des jeunes filles, qui répugne à certaines révélations. J'ai vu des femmes du monde ; de votre monde, qui fut le mien. Elles sont élégiaques et charitables pour les pauvres d'opéra-comique, les bons pauvres bien propres et bien polis, pour les filles qui se conduisent bien et les ouvriers point ivrognes. Ces attendrissements ne suffisent plus. Il y a — et vous devez le savoir — des pauvres qui ne nous pardonnent point leurs misères, des ivrognes à qui la dure vie n'a laissé d'autre joie que l'alcool, des enfants martyrisés, des aïeules qui, après soixante ans de labeur, d'abrutissement, de maternité animale, de deuils et de déchéances, n'ont pas un grabat pour mourir. Il y a des mères qui se suicident avec leurs petits. Il y a des femmes jeunes encore comme vous, aussi belles, qui... Nos éclatantes civilisations ont un envers effroyable.

— On ne m'avait pas dit cela...

— Il est convenu que les jeunes filles de votre monde doivent ignorer ces choses. Et les gens qui, comme moi, crient la vérité dans les journaux, dans leurs livres, on les appelle trouble-fêtes et perturbateurs.

Nous traversions le Luxembourg, Genesvrier toujours impassible, moi songeuse et frémissante. Il m'accompagna jusqu'à la maison et se retira.

J'étais un peu étonnée qu'il ne m'eût pas remerciée davantage, mais je commençais à comprendre cet homme singulier. Je sentais, par un obscur instinct, qu'il ne me prodiguerait jamais des éloges inutiles, mais que pas une de mes actions ne lui serait indifférente. Je lui devrais de connaître des aspects de la vie que ni mon oncle, ni madame Marboy, ni des savants comme Lampérier, ni des artistes comme Clairmont, n'auraient pu me révéler. Il m'avait intriguée d'abord, par son caractère, par ses idées, par son existence exceptionnelle; il m'intéressait maintenant plus directement, comme un initiateur. En acceptant de le suivre auprès de sa protégée, j'avais tacitement promis de m'associer à ce que j'appelais encore une œuvre charitable, et c'était un lien — le premier — entre nous.

NOUS TRAVERSIONS LE LUXEMBOURG..

Le soir de ce même jour, je ne fus pas étonnée de le voir reparaître, sous un prétexte assez peu justifié. Une bizarre intuition m'avait avertie qu'il ne pourrait rester longtemps sans me revoir.

Notre vieil ami Lampérier l'avait précédé de quelques minutes à peine, et, pendant qu'il causait avec mon oncle, je me rapprochai du fauteuil de Genesvrier. Je lui exprimai encore mon désir d'être bienfaisante à la malade qu'il protégeait.

— Que ce ne soit point à cause de moi, dit-il. Marie Lamirault est, par elle-même, digne de votre estime et de vos secours.

— Soyez tranquille, ce n'est pas seulement à cause de vous. La charité...

— Voilà un mot qui me surprend dans votre bouche. Je ne nie point la charité ; mais en procurant du travail à une femme, en l'aidant à ne pas mourir, vous faites œuvre de justice, mademoiselle Hellé. C'est pourquoi je ne vous ai point louée aujourd'hui. Votre raison s'est révoltée devant la misère d'un être faible et innocent : c'est bien ; mais cela prouve seulement que vous n'êtes pas un monstre. Beaucoup de gens se rendent à eux-mêmes le témoignage du pharisien quand ils ont réparé, en quelque mesure, l'injustice naturelle ou sociale. Il n'y a là rien d'héroïque, ni même de vraiment méritoire. Un homme n'a pas à s'enorgueillir parce qu'il est humain, fût-ce au milieu d'inconscientes brutes. On confond étrangement le devoir de justice et la charité.

— Mais, dans un monde où la justice serait parfaitement réalisée, la charité ne serait plus nécessaire.

— Croyez-vous? La justice n'est que la loi d'ordre et d'équilibre ; la charité, c'est le miracle de l'amour. Et si l'œuvre de justice appartient à l'homme, à la femme surtout appartient l'amour.

— Je connais votre théorie d'association idéale, dis-je en souriant. Vous me l'avez expliquée hier. Je vous parais une créature inutile, égoïste, un être de luxe, n'est-ce pas? Et vous avez voulu, aujourd'hui, me donner une leçon pratique.

Il sourit à son tour :

— Merci d'avoir deviné juste. Cela me prouve que j'ai réussi. Si vous étiez demeurée réfractaire à l'indignation...

— Qu'auriez-vous fait?

— Je me serais désintéressé de vous, autant que possible. C'est une manie que j'ai d'éprouver mes amis. Je vous savais supérieurement intelligente. Je ne savais pas si vous étiez bonne.

— Suis-je bonne?

— Je commence à l'espérer.

— Vous espérez seulement?

— L'expérience montrera ce dont vous êtes capable... Mais non, — fit-il, comme cédant à une impulsion irrésistible, — il n'est plus besoin d'épreuves. Je vous ai entrevue, aujourd'hui, telle que vous serez un jour...

Il hésita une seconde, et ajouta :

— Cette vision m'a été douce.

Je le tins sous mon regard, et, dans le clair-obscur que répandait la lointaine lampe, il me sembla voir trembler cet intrépide. Au même moment, j'entendis mon oncle appeler :

— Hellé !

— Que voulez-vous, oncle Sylvain?

— Lampérier me dit qu'il a reçu une lettre de Walter. Celui-ci a rencontré monsieur Clairmont, à Delphes, comme ils en étaient convenus.

Je me tournai vers M. Lampérier :

— Est-ce que monsieur Clairmont lui a raconté ses aventures? demandai-je.

— Oui, mademoiselle. Le jeune poète (il prononçait : *pouâte*), le jeune *pouâte* a été enlevé par des brigands, et il les a subjugués en leur récitant des chœurs de Sophocle. Ces braves gens, qui font partie de l'*Hétairia Ethnike*, ont voulu le prendre comme chef pour rançonner les Turcs. Sorti sain et sauf d'entre leurs mains, le *pouâte* est allé se reposer en visitant les Cyclades, après un voyage dans le Péloponèse et la Morée. Il a chargé Walter de mettre ses hommages à vos pieds.

— Doit-il bientôt revenir?

Lampérier fit un geste d'ignorance.

— Je savais cela, dis-je, par une lettre que m'a lue madame Marboy. J'avais oublié de vous en faire part, mon oncle.

Antoine Genesvrier, d'un brusque mouvement, avait reculé son fauteuil dans l'angle de la cheminée. Il tournait à demi la tête, et je ne distinguais pas ses traits.

— Nous avons passé une soirée charmante en compagnie de ce *pouâte !* reprit Lampérier. Il m'a envoyé ses vers avant de partir. C'est fort beau. Il y a, dans le premier volume, un joli sentiment de l'antiquité et la marque d'excellentes études. Je serai fort heureux de revoir monsieur Clairmont.

— Oui, dis-je. Il a beaucoup de talent. Nous le verrons souvent quand il sera de retour.

— A propos de monsieur Clairmont, je pense à cette belle page musicale dont vous l'aviez enchanté, mademoiselle Hellé.

— *Le Ballet des Ombres?*

— Pourquoi le jouez-vous si rarement?

— Parce que c'est toute une affaire que de décider mon oncle à m'accompagner.

— Je crains de manquer de souffle, répondit l'oncle Sylvain.

— Bah ! bah ! essayez tout de même. Vous nous ferez plaisir, Riveyrac.

J'ouvris le clavecin, et j'allumai les bougies. Mes doigts, mal exercés depuis quelques mois, tremblaient un peu, et la plainte délicieuse de la flûte me troublait comme un énervant souvenir. Un an, déjà un an, depuis qu'elle avait évoqué pour Clairmont et pour moi le rêve errant des Ombres heureuses dans le crépuscule élyséen. Mais ce n'était plus le décor idéal des bois de myrtes et des champs d'asphodèles qui surgissait en ma pensée. C'était le jardin clos entre les murailles grises, la masse grise des hautes tours, la nuit argentée et vaporeuse, et deux ombres enlacées sur le sable et, sous la noire charmille, la statue mutilée de l'Amour... Nuit de silence mystérieux, nuit d'enchantements et de présages !

DANS L'OMBRE

COMME UN GRAND SPHINX...

J'avais cessé de jouer. Mon oncle replaçait la flûte dans son étui, et je demeurais pensive, mes mains oubliées sur le clavier. Soudain je me levai, et, avant qu'il pût tourner la tête, j'aperçus Genesvrier muet, dans l'ombre, comme un grand sphinx douloureux. La clarté de ses yeux s'était éteinte, mais j'y sentais une ardeur sombre, un foyer noir et brûlant. Il se leva aussi et passa sa main sur son front, creusé tout à coup d'une ride profonde.

Nous ne nous parlâmes plus, ce soir-là.

XVII

Un mois plus tard, j'entrai dans la bibliothèque, où Genesvrier et mon oncle s'étaient réfugiés pour causer.

— Oncle, dis-je, prêtez-moi monsieur Genesvrier pour cinq minutes. Je veux lui montrer quelque chose.

— Allez, Antoine, dit mon oncle en souriant ; je sais ce dont il s'agit.

Genesvrier, surpris, me suivit jusqu'au premier étage. Trois portes donnaient sur le palier : celles des chambres et celle du vaste cabinet de toilette qui les séparait. J'ouvris cette porte.

— Regardez.

C'était une pièce un peu longue, tendue d'une grosse toile dont le bleu tendre, le doux bleu lavé, seyait à mon teint de blonde.

Près de la fenêtre, une femme cousait, les pieds appuyés à une chaise qui supportait une corbeille remplie de linge.

Tout à côté d'elle, dans un berceau d'osier très bas, dormait un petit enfant.

Genesvrier eut une exclamation :

— Marie !... Et l'enfant !...

— Préféreriez-vous qu'il fût à la crèche? Mon filleul, notre filleul, est vraiment trop jeune pour qu'on puisse le séparer de sa mère. Je vous assure qu'il est très bien ici, et que Marie peut l'allaiter sans presque quitter son ouvrage. Trois fois par semaine, nous avons le plaisir de le recevoir.

Marie Lamirault s'était levée.

— Ah ! fit-elle, mademoiselle Hellé et vous, monsieur Antoine, vous nous avez sauvés tous les deux. J'ai du travail chez moi quand je ne viens pas ici. Je puis me nourrir comme il faut, et c'est tout profit pour le petit Pierre... Voyez, monsieur, est-il beau !

Elle écarta le rideau d'étamine, et Genesvrier admira le bébé, qui dormait serrant ses menottes roses, tout frais dans sa robe de piqué blanc.

— Vous osez le toucher, maintenant ? dit-il, et ses yeux me couvraient d'une douceur de caresse. Il ne vous fait plus peur? J'avais remarqué votre répugnance, la première fois.

— Répugnance faite d'ignorance et de surprise. J'ai l'habitude de manier ce petit être maintenant. D'ailleurs, il n'a plus sa mine renfrognée. Il prend un aspect humain.

— Mademoiselle Hellé s'en amuse beaucoup, dit Marie.

— Vous commencez à l'aimer, peut-être? fit Genesvrier.

— Il me serait difficile de ne pas m'y attacher, mais surtout il m'intéresse. Sa lente éclosion me rappelle mes curiosités de petite fille. J'observais passionnément

PRÈS DE LA FENÊTRE UNE FEMME COUSAIT...

les fleurs... et, bien que je ne sois pas une âme tendre...

— Qu'en savez-vous? Cette émotion de tendresse que vous subissez, c'est le prime éveil de l'instinct maternel... Un jour...

Il se tut. Je secouai la tête.

— Ne me jugez pas meilleure que je ne suis. Autrefois je n'aimais pas les enfants, par ignorance. Si j'aime celui-ci, je n'en éprouve pas davantage ce désir, ce besoin de la maternité, si vif chez certaines jeunes filles de mon âge.

— Votre heure viendra, dit Genesvrier.

Nous redescendîmes en silence. Sur le palier du rez-de-chaussée, mon compagnon s'arrêta.

— Vous avez fait plus que je n'espérais, dit-il. Je ne saurais vous dire la joie que j'éprouve en voyant Marie Lamirault heureuse, bien portante, conciliant, grâce à vous, ses devoirs, ses droits de mère, et la nécessité du travail. J'ai vu tant d'abominations et d'injustices, depuis quelques années, que ce spectacle m'a réconforté comme un verre d'eau pure par un midi brûlant... Ah ! Hellé, que de miracles on accomplit avec un peu de bonne volonté ! J'ai connu d'amers découragements, en comparant mon impuissance à l'immensité du mal, mais chaque grain de blé contribue à la future moisson. Je sais que toute semence ne lève pas, qu'une grande part en est perdue... Mais il n'est pas de terre si aride qu'elle ne donne au moins un épi.

— Et l'on vous croit pessimiste! dis-je, frappée par l'exaltation de ses yeux.

— Pessimiste, moi? Je ne crois pas que tout soit mal ni bien nécessairement. Nous devons créer le bien, sans cesse, à mesure que les fatalités naturelles, les vices des sociétés et des individus le détruisent. J'ai beaucoup souffert, Hellé ; oui, j'ai souffert du doute et du désespoir... Mais j'en suis arrivé, par un ferme propos, à ne plus m'interroger sur la valeur et l'effet de mon effort. On m'a dit : « Pourquoi ne pas vivre paisible, inoffensif, bienveillant même, mais paisible ?... » Paisible !... je pourrais vivre paisible, après ce que j'ai vu, entendu, senti! Je pourrais oublier !... Jamais. Certains me prennent pour un fou. Je suis un révolté, seulement, poussé par une force que je subis en l'adorant, une surhumaine, une torturante aspiration vers la Justice. J'ai la foi, Hellé, j'ai l'espoir ; eux seuls me soutiennent. Oui, après les heures de lassitude et d'inertie, je me sens soulevé par un espoir insondable, immense, fort comme l'Océan.

La lumière de ses yeux flamboya et s'éteignit sous un voile. Il murmura :

— Quelle femme se fût livrée à ce courant formidable? J'ai vécu, je vivrai seul.

Ainsi, peu à peu, s'ouvrait à moi l'âme de cet homme. De la région sereine où je me complaisais à vivre, je me penchais sur elle, invinciblement attirée par la flamme, l'ombre, la lave de ce volcan dont les étrangers, les amis eux-mêmes, n'apercevaient que les parois de granit. Ce n'était plus de l'effroi qu'il m'inspirait, ce n'était pas encore de l'affection. C'était plus et moins : une vénération bientôt craintive, des attractions et des répulsions singulières, des sentiments obscurs et confus, où parfois, à la lueur d'un éclair, je sentais s'ébaucher quelque chose de divin et de terrible, je me rejetais dans le clair passé, dans le doux présent, toute frémissante, épouvantée par le mystère à venir.

Déjà je ne me refusais plus à l'influence de Genesvrier. Il me mettait en face de la misère, de la maladie, de la mort. Il suscitait des êtres qui étaient les vivants témoignages du mal sans cesse perpétué autour de ma vie heureuse, autour de ma vie close comme un palais enchanté. Et pour échapper à cette obsession poignante, je me réfugiais vainement dans la poésie, dans l'art. L'assaut de la réalité avait brisé les portes d'ivoire de ma citadelle. Moi non plus, je ne pouvais oublier.

Désormais je ne goûtai de repos réel et de vrais rafraîchissements qu'auprès de Marie Lamirault et de son fils. L'enfant me représentait la nature innocente, réjouie, qui ne soupçonne ni la douleur, ni le mal, — et j'aimais la simplicité, la résignation de la mère. J'écoutais parfois cette humble femme que la vie avait façonnée et qui, presque aussi jeune que moi, savait déjà l'amour, la souffrance, la maternité. L'enseignement qu'elle me donnait à son insu complétait les enseignements que j'avais reçus de mon oncle et de Genesvrier.

Quand le moment fut venu de partir pour la Châtaigneraie, je persuadai mon oncle d'emmener Marie Lamirault. Babette vieillissait, Marie lui serait d'une aide efficace, car son fils, robuste et bien réglé, lui laissait quelques loisirs. L'oncle Sylvain ne refusa pas. Souvent il m'observait dans un étrange silence, gros de pensées et d'espoirs inconnus.

Autant que l'année précédente, le séjour à la Châtaigneraie me parut délicieux. Je saluai le vieux figuier, le puits où la mousse s'épaississait sur la margelle disjointe, les fleurs éclatantes, les premiers fruits des espaliers. L'enfant de Marie dormait dans une couchette rustique, abrité du soleil par une mousseline d'azur que tachetait l'ombre des feuilles flottantes. La mère, redevenue forte, étendait les toiles blanches des lessives sur des ficelles tendues au-dessus du potager. Babette régnait sur les cuivres somptueux et les faïences fleuries de la cuisine. Mon oncle lisait ou rêvait. Alors je m'évadais vers la forêt chérie, vers la source où, par une incantation mystérieuse, j'avais cru éveiller une nymphe jeune et vierge comme moi.

J'étais heureuse. Pourtant je ne retrouvais pas cette sensation d'épanouissement et de plénitude que m'avaient donnée les derniers étés. Au fond de ma gaieté passait parfois une obscure nostalgie. Ni la naïade du bois, ni la Cérès féconde ne me suffisaient plus. Il y avait en moi des regrets, des aspirations indéfinissables.

Août s'achevait. L'oncle Sylvain eut un jour la curiosité d'aller à quelques kilomètres de Castillon, à Gillac, visiter un tumulus celtique récemment découvert et presque intact. Les journaux annonçaient d'autres fouilles dirigées par un savant de Paris. Tout le pays était en rumeur.

La route était longue. Babette loua un cheval pour l'oncle Sylvain. Il partit dès l'aube. La journée s'annonçait radieuse, un peu trop chaude, sans doute, mais pourvu qu'il eût des habits légers, M. de Riveyrac ne redoutait pas le bon soleil. A midi, le ciel parut s'embraser : l'azur devint blanc comme le métal à l'extrême ardeur des fournaises. Vers quatre heures, sur les champs moissonnés, sur les troupeaux et les hommes haletants, pesa la menace de l'orage.

J'étais à la fenêtre de ma chambre, qu'agrandissait un balconnet de bois. Mon peignoir de batiste collait à mes épaules trempées de sueur. J'entendais, au rez-de-chaussée, crier l'enfant de Marie Lamirault, énervé par cette atmosphère saturée d'électricité. L'espace immense que je découvrais était vide, car bêtes et gens s'étaient enfuis vers les fermes ou cachés en des abris de hasard. Les oiseaux mêmes et les insectes se taisaient, et l'effrayant silence régnait, précurseur de cataclysmes.

Bientôt tout un côté du ciel sembla noircir ; l'obscurité gagna de place en place. Un grondement de tonnerre roula très loin, puis se propagea, s'accrut en se rapprochant, pendant que de vastes éclairs ouvraient et refermaient des perspectives phosphorescentes. Un fracas terrible éclata soudain, un zigzag de feu zébra l'espace, tomba sur un châtaignier isolé dont la cime s'enflamma. Puis les cataractes de l'averse croulèrent.

— Ah ! le pauvre monsieur ! Pourvu qu'il soit rentré à Gillac ! s'écria Babette qui se cachait la face dans son tablier.

— Mon oncle a dû prévoir l'orage, Babette. S'il n'est pas à Gillac, il s'est mis à l'abri dans quelque maison.

— C'est le déluge, c'est le jugement dernier ! gémissait la pauvre paysanne, prise d'un effroi superstitieux. Ah ! si j'avais un cierge et un buis bénit, ça protégerait la maison.

Pendant plus d'une heure, la pluie et le vent firent rage. Clouée derrière les

AUTANT QUE L'ANNÉE PRÉCÉDENTE, LE SÉJOUR

A LA CHATAIGNERAIE ME PARUT DÉLICIEUX.

vitres, le cœur étreint d'angoisse, je regardais la plaine disparue dans un brouillard d'eau. A six heures, l'averse cessa presque aussi brusquement qu'elle était venue. J'aperçus le jardin ravagé, des rigoles d'eau jaunâtre dévalant par les allées et noyant dans un limon sale des pétales de fleurs, des brindilles, des petits fruits verts, et les ailes souillées d'un grand papillon blanc que, le matin même, j'avais vu frémir au cœur des roses. A l'horizon, des gazes grises s'élevaient lentement, découvrant la ligne des coteaux. Un tronçon d'arc-en-ciel émergeait, comme l'arche mutilée d'un pont céleste, détruit par la foudre.

CLOUÉE DERRIÈRE LES VITRES."

Je descendis sur la route. Une fraîcheur montait de la terre humide, et je frissonnai sous mon léger peignoir. Babette m'apporta un châle. Anxieuse, je regardais du côté de Gillac, souhaitant que mon attente fût trompée, et que l'oncle Sylvain ne revînt pas avant la nuit. Bientôt je vis paraître un cavalier que je n'avais pas entendu venir, car le sol mouillé amortissait le trot de sa monture. Mon oncle mit pied à terre. Ses vêtements ruisselaient ; ses dents claquaient. Il était livide.

— Vite, du feu, dit-il, des habits

secs, du linge. Qu'on prépare un verre de vin chaud.

J'avais fait mettre dans la chambre de mon oncle un fagot qui s'enflamma rapidement. Pendant que M. de Riveyrac changeait de costume, je fis chauffer le vin sucré, avec un brin de cannelle et une tranche de citron.

— Merci, dit l'oncle Sylvain. Je suis glacé. L'averse m'a saisi en pleins champs, et je n'ai pas voulu me réfugier sous les arbres comme certain berger imbécile que j'ai vu foudroyer avec ses moutons... Ma bête tremblait de peur et avançait tant bien que mal... Bref, je suis revenu, mouillé jusqu'aux os. Heureusement je suis solide, Hellé. J'en serai quitte pour une courbature.

— Il faut vous coucher, mon oncle. Vous frissonnez. Je vais bassiner votre lit.

— Me coucher, moi, en plein jour ? Me prends-tu pour une femmelette ? Laisse, Hellé... Dans un instant je serai tout à fait réchauffé.

— Mon oncle, vous êtes pâle. Vos dents claquent. Je vous en prie, couchez-vous une heure ou deux.

— Ça va se passer. Ne t'inquiète pas, ma bonne petite.

Ne pouvant vaincre son obstination, je remis un fagot dans la cheminée et je jetai une couverture sur les genoux de mon oncle. Peu après je vis qu'il frissonnait encore, tandis qu'une rougeur ardente couvrait ses pommettes. Je pris sa main, elle était sèche et brûlante ; le pouls montait avec rapidité.

— Oncle, dis-je, vous avez la fièvre... Si vous m'aimez, obéissez-moi. Vous allez vous mettre au lit et Babette ira chercher le médecin.

— Soit, je me coucherai puisque tu l'exiges et puisque j'ai la fièvre, mais pas de médecin, Hellé ! Si tu m'amènes cet âne, je le flanque à la porte... Que j'aie bien chaud, que je dorme une bonne nuit, et demain il n'y paraîtra plus.

Le lendemain, mon oncle délirait, et le médecin, appelé à son insu, diagnostiquait une pleurésie.

Bien que ce mot seul m'épouvantât, je ne perdis point l'espérance. Assistée de Babette et de Marie Lamirault, je suivis les prescriptions du docteur avec une ponctualité qui impatientait parfois mon oncle. La maladie ne l'effrayait pas, ni la mort, — mais se sentir immobile, impuissant, livré à cet âne de médicastre qu'il injuriait dès que le pauvre homme avait quitté sa chambre, — cela mettait en rage l'oncle Sylvain. Il m'aimait trop pour se refuser à mes soins, à mes prières ; mais quand, vers le milieu du jour, la fièvre lui laissait un peu de lucidité et de répit, il s'affligeait de ma pâleur, de ma fatigue.

Une semaine s'écoula sans apporter aucune amélioration, et, vers le neuvième jour, comme le médecin me quittait en hochant la tête, mon oncle me fit appeler. C'était dans un de ces intervalles, entre les accès de fièvre, où, malgré le bienfait d'un repos relatif, l'extraordinaire faiblesse du malade apparaissait. Mon cœur se serra quand je remarquai la maigreur du beau visage romain enfoncé dans les oreillers, le sifflement qui interrompait les paroles de mon oncle. Je sentis trembler mes lèvres et des sanglots me monter à la gorge. Mais il fallait réprimer ces signes d'une inquiétude que je n'osais me formuler à moi-même. Avec un effort d'énergie, je me domptai.

— Hellé... balbutia l'oncle Sylvain, Écoute... je suis très malade... Tu vas... écrire...

Une quinte de toux l'arrêta. Il étouffait. Je le soulevai, je le soutins dans mes bras, contre ma poitrine.

— Mon oncle, je vous en conjure. Ne parlez plus. Cela vous fait du mal.

— Il faut... écrire...

— Dites un nom seulement. Vous désirez voir quelqu'un ? Vous craignez que je ne suffise pas à vous soigner ? C'est cela, n'est-ce pas ?...

Il fit un signe d'assentiment, et un souffle passa entre ses lèvres :

— Genesvrier.

— Vous voulez que j'écrive à monsieur Genesvrier ?...

—Genesvrier, reprit l'oncle... notre ami...

— Je vais écrire tout de suite, je vais même télégraphier, parce que je n'ai pas le temps d'expliquer par lettre ce qui vous est arrivé. Soyez sûr que monsieur Genesvrier viendra.

Il sourit faiblement et, fermant les paupières, plus calme, il parut s'assoupir.

Babette courut au télégraphe. La réponse de Genesvrier arriva bientôt. Il annonçait son départ.

Quand il entra dans la maison, le lendemain, je descendis le recevoir, toute pâle, brisée d'une nuit épouvantable, oubliant ma robe froissée, mes cheveux dont la longue natte, à demi dénouée, tombait sur mon dos. A voir ce ferme visage, ces yeux où je lisais clairement une anxiété presque égale à la mienne, je sentis l'espoir et la faiblesse m'envahir à la fois. Je fondis en pleurs.

JE DESCENDIS LE RECEVOIR..

— Oh ! merci, merci d'être venu... Il est bien mal...

— Ne pleurez pas, chère Hellé ! Nous ferons l'impossible. Pourquoi ne pas m'avoir prévenu plus tôt.

— Je n'osais pas... C'est lui qui vous a demandé.

— Et vous n'avez pas songé que je serais heureux de partager vos fatigues ! murmura-t-il d'un ton de reproche.

— Venez, dis-je. Il nous attend.

Nous montâmes au premier. Une joie éclaira les yeux de mon oncle lorsque Genesvrier serra doucement la main qu'il n'avait plus la force de soulever. D'un mouvement de tête, il me fit signe de me retirer. Je les laissai seuls.

— Babette reste auprès de monsieur de Riveyrac, me dit Antoine Genesvrier. quand il sortit de la chambre. Votre oncle repose. Il souhaite que vous me fassiez visiter le jardin et la maison. Feignons d'accéder à son désir.

— Comment le trouvez-vous ?

Il hésita :

— Pas bien... Ne vous désolez pas, Hellé. Son état est grave, mais il n'est pas désespéré... Venez. Racontez-moi en détail les phases de sa maladie.

Tout en parcourant le jardin. je fis à mon compagnon le récit qu'il me demandait. Bien qu'il se composât un visage impénétrable, je devinai qu'il était profondément inquiet.

Ensemble, au chevet de mon oncle, nous veillâmes de longues nuits, et, quand mes forces défaillaient, il suffisait d'un mot de Genesvrier pour me rendre sinon l'espoir, du moins le courage. A peine nous parlions-nous : dans le silence de la chambre, où parfois je sentais passer la mort, nous avions appris à nous comprendre par le geste et le regard.

A travers la première léthargie qui précède le sommeil, entre mes cils lourds, je voyais Antoine, immobile au pied du lit, dans le tremblant reflet de la veilleuse; je sentais la douceur de ses yeux graves qui ne se détournaient du malade que pour se reposer sur moi.

Un matin, à l'éveil blanchissant du jour, mon oncle parut soulagé. La fièvre avait presque disparu ; l'oppression diminuait, la respiration était moins sifflante.

Tandis que Genesvrier, penché sur lui, prenait sa température, je respirai, envahie d'un joyeux espoir.

— Monsieur de Riveyrac s'assoupit, dit Antoine en se relevant. Appelez Babette ou Marie pour nous remplacer un instant. Je voudrais vous parler, Hellé.

Marie Lamirault s'assit dans mon fauteuil, Genesvrier lui dit quelques mots, puis il m'emmena.

Nous entrâmes dans l'ancienne chambre de tante Angélie, que j'avais attribuée à notre hôte.

— Eh bien ! dis-je, il est mieux, il va guérir ?

— Hellé, murmura Genesvrier, il est temps de vous avertir... l'heure est proche où vous aurez besoin de tout votre courage...

— Mon oncle !

— Il est très mal... Cette accalmie m'inquiète plus que les crises d'hier... Soyez forte, Hellé.

Il me sembla que la maison croulait. Je ne criai pas; je ne pleurai pas. Muette, je regardai Antoine avec des yeux qui voulaient l'interroger encore.

Il me prit la main.

— Hellé, ma pauvre chère Hellé, que j'ai pitié de vous !

— Mon oncle... mourir...

J'éclatai en sanglots déchirants.

— Il va mourir... lui qui était tout pour moi, mon père, mon maître, mon ami... lui que je chérissais, lui que je vénérais... Oh ! faites quelque chose, Antoine, tentez l'impossible, je vous en prie, sauvez-le !

Il posa sa main sur mon épaule, et je me trouvai appuyée contre sa poitrine, comme dans le seul refuge où l'instinct pût me jeter. Et pendant que mes larmes coulaient, j'entendis sa voix près de mon oreille :

— Pleurez maintenant, Hellé, pleurez sans contrainte, car il ne faudra pas pleurer devant lui. Je ne vous donnerai pas de consolations banales, mais au moins vous sentirez que vous n'êtes pas seule, qu'un ami vous reste et qu'il partage votre deuil... Chère Hellé, je souffre de l'amitié qui va se briser, mais je souffre aussi de votre souffrance.

— Vous êtes bon... balbutiai-je sans savoir ce que je disais.

Nous demeurâmes ainsi un long moment, lui silencieux, moi gémissante, presque dans les bras l'un de l'autre. Soudain, je m'écartai, j'essuyai mes yeux.

— Puisqu'il le faut, je serai forte. Je veux que mon cher oncle finisse en paix, comme il a vécu... Moi seule...

Les larmes encore une fois m'étouffèrent.

— Je ne pleurerai pas devant lui... je vous obéirai... Mais, Antoine, quelle douleur !

Le jour s'écoula, puis la nuit. Si je n'avais pas cru aveuglément Genesvrier, j'aurais confondu dans mon inexpérience le répit annonciateur de la mort avec l'apaisement qui promet une proche convalescence. La fièvre avait brisé les ressorts de la vie : mon oncle mourait de faiblesse, calme, affranchi des souffrances, presque gai parfois ; et sans que ni Genesvrier ni moi eussions laissé percer notre inquiétude, il comprit que c'était la fin.

Toute la nuit je veillai, sortant quelquefois sur le palier, pour appuyer mon front aux murailles et sangloter à cœur perdu. Au matin, je n'avais plus de larmes. J'entrais peu à peu dans ce demi-songe qui succède aux crises extrêmes de l'angoisse, où la sensation de la réalité s'amortit, où le désespoir épuisé s'ennoblit de silence grave. J'étais debout au chevet de l'oncle Sylvain. Genesvrier se tenait de l'autre côté du lit, et le malade, abandonnant ses mains à l'étreinte des nôtres, parla tout à coup d'une voix distincte, avec un accent inexprimable :

— Hellé, mon enfant bien-aimée, je vais mourir. Je bénis la nature de me laisser ferme et lucide pendant les derniers instants que je passerai près de toi... J'aurais beaucoup de choses à te dire : il faut les résumer en peu de mots. J'ai une prière à t'adresser, Hellé : reste fidèle à mon rêve ; réalise en toi la femme que j'ai tenté de former. Fuis le médiocre, ne déchois point, redoute la passion avec ses sophismes et ses mirages, et donne le trésor de ton âme à celui seul qui le méritera.

IL POSA SA MAIN SUR MON ÉPAULE...

— Ah ! m'écriai-je en baisant son front déjà perlé de moiteur froide, qui me consolera de vous perdre, où retrouverai-je un maître tel que vous ?

— Un maître, Hellé ? Tu n'as plus besoin de maître. Il te faut un guide et un ami. Tu le trouveras, je le sais, et cette certitude m'est douce... Ne pleure pas, chère petite. Tu as été la couronne de ma vieillesse, ma joie, ma lumière, mon rêve vivant... Et je ne te laisse pas seule et abandonnée...

Ses yeux désignèrent Genesvrier :

— Un ami... Antoine, je vous la

confie... Remplacez-moi auprès d'elle... Soyez...

Il suffoqua. Genesvrier lui fit boire un cordial. Par un effort de volonté, il parut rappeler à lui la vie déjà fuyante.

— Hellé sera ma sœur, dit Antoine en se redressant.

Un éclair avait brillé dans ses yeux. Les yeux du moribond reflétèrent cette flamme. Comme fortifié soudain, allégé, soulagé, il nous fit signe de rehausser sa tête affaissée dans les coussins. Sa voix vibra plus claire, ses lèvres s'essayèrent à sourire.

— Pensez-vous, dit-il à Antoine, que je pourrai vivre jusqu'au jour ? J'aimerais à voir la lumière ; je suis un vieux païen, cher ami, et il me plaît que mon âme s'unisse à l'Ame universelle sous les beaux auspices du soleil. Éteignez la lampe. Ouvrez la fenêtre. Il me semble que le ciel blanchit.

ENFIN, DIT MON ONCLE...

L'aube allait naître. Vénus déclinait dans une brume déjà tout imprégnée de lumière. Une fraîcheur délicieuse, comme l'odeur même de la rosée évaporée sur les fleurs, montait du jardin invisible.

— Enfin, dit mon oncle, je vais savoir le mot de la grande énigme... à moins que je n'aille de planète en planète et de mystère en mystère découvrir la vérité. J'aime à me rappeler le grand rêve des anciens sages, et je veux croire que je franchis un des degrés de l'échelle infinie par laquelle l'animalité arrive à l'humanité et l'humanité au divin... Voyez comme cette étoile est blanche et belle ! Je ne l'ai jamais contemplée sans penser qu'elle doit être le séjour des poètes, des sages, qui y satisfont leur amour de la Beauté... C'est là que je serai demain, peut-être, et, fausse ou vraie, cette rêverie enchantera ma mort.

Il se tut, à bout d'haleine ; mais ses yeux souriants ne se voilaient pas. Je sentis sous mes doigts, peu à peu, son pouls décroître, son poignet se refroidir... Cependant je ne pleurais plus, et Genesvrier, qui tenait l'autre main du malade, semblait participer comme moi à l'admirable sérénité de cette agonie, qui nous pénétrait de respect.

Le disque glorieux dépassa les crêtes des collines. Mon oncle fit un mouvement.

JE REGARDAIS CRÉPITER...

Je vis ses traits se figer dans une extase suprême. Antoine, incliné, lui ferma les yeux.

La mort était venue avec le jour, et l'aube, ouvrant les portes d'or d'un mystérieux Olympe, accueillait l'Esprit triomphant.

XVIII

Dans la bibliothèque vaste et vide où j'évoquais mieux que partout ailleurs, la chère image du maître disparu, j'étais assise, en habits de deuil. Depuis le matin tombait la fine pluie d'automne sur les tours de Saint-Sulpice, sur les toits ruisselants, sur le jardin jaune et noyé. Mon âme sombrait dans la tristesse.

Le coude sur l'appui du fauteuil, ma main pressant ma tempe douloureuse que la migraine étreignait, je regardais crépiter et s'écrouler les braises du premier feu de novembre, et j'écoutais Genesvrier assis en face de moi.

— Vous me demandez pourquoi j'ai prolongé mon absence, disait-il. Vous m'adressez des reproches, Hellé. Savez-vous que votre petite colère me plait mieux qu'un gracieux accueil ?

— Vous plaisantez, je crois, bien que ce ne soit point votre habitude. Que vous soyez resté à Bruxelles près de Jacques Laurent, très malade, qu'i' ait insisté pour vous retenir, il n'y a là rien qui m'étonne... Mai pourquoi ne point m'écrire ? Votre indifférence m'a surprise péniblement.

— Mon indifférence ? Sérieusement, Hellé, pouvez-vous supposer que je sois devenu indifférent ?

— Mais oui, monsieur Genesvrier.

— Vous m'appelez « monsieur », maintenant !... Vous êtes tout à fait fâchée ?

— Expliquez-vous, défendez-vous.

A grands pas, de long ne large, il marchait, les mains croisées derrière le dos.

— J'ai un secret, Hellé.

— Un secret que vous ne pouvez me confier, à moi, votre sœur d'élection ?

— Un secret que vous allez connaître. Je n'ai pas voulu vous écrire, là-bas, parce que je devais me recueillir, m'interroger, me juger, avant de faire une démarche si grave qu'elle peut troubler toute ma vie. La solitude où je vivais, près de mon vieil ami, était plus favorable à cet examen de conscience, à cette épreuve de mes forces que mon ermitage de Paris. J'aime à savoir où je vais ; je ne

— QUEL HOMME ÉTRANGE VOUS ÊTES...

veux ni m'abuser ni abuser personne, parce qu'à mon âge aucune action n'est indifférente, parce que je suis, plus que tout autre peut-être, conscient des responsabilités que j'assume.

Il s'arrêta devant moi :

— Excusez-moi si je n'ose parler, je ne suis guère éloquent, ma petite amie, et je ressens, à exprimer tout haut des sentiments intimes, je ne sais quelle ridicule et maladroite pudeur. J'ai préféré vous écrire, et voici ma confession — ajouta-t-il en tirant une lettre de sa poche. — Ne riez pas du procédé, qui peut vous sembler romanesque. Lisez lentement, réfléchissez, et ne vous hâtez pas de répondre.

— Quel homme étrange vous êtes, dis-je en prenant la lettre qu'il me tendait. Quand dois-je lire ceci ?

— Tout à l'heure. Il faut que je vous quitte.

— Vous reviendrez ce soir ? J'attends madame Marboy.

— Je reviendrai.

— Soyez ici de bonne heure, pour que nous puissions causer seuls un instant.

— Volontiers. Au revoir, Hellé.

— Au revoir, Antoine.

Il tenait ma main dans les siennes, et je sentis qu'il tremblait.

— Au revoir ! répéta-t-il.

Et il sortit si brusquement, que j'en restai toute surprise.

Je repris ma place au coin du feu, et je lus :

Paris, 8 novembre.

« En m'interdisant toute correspondance avec vous pendant mon séjour à Bruxelles, j'avais un but, chère Hellé. Je voulais découvrir les causes stables et profondes, la réelle nature du sentiment que vous m'inspirez. Je voulais me juger et descendre seul dans cette citadelle close de ma pensée, où votre chère image porte le charme et le trouble à la fois. Je voulais vous juger aussi, mettre votre âme en face de mon âme ; maintenant je crois vous connaître : il faut que vous me connaissiez tout à fait.

» On vous a raconté mon histoire. Moi-même je vous ai confié, par fragments, le secret des crises morales qui ont marqué les grandes étapes de ma vie, et je sais que je ne vous apparais point sous la figure d'un amoureux sentimental et passionné. Je ne me fais aucune illusion sur ma personne, et longtemps, en considérant mon âge, mon aspect, mes cheveux déjà grisonnants, j'ai connu l'évidente invraisemblance de mes espoirs. J'avais résolu de les taire ; je me contenterais d'être votre ami.

« D'où vient que j'aie aujourd'hui cette audace de vous dire à vous, jeune, belle, riche : — Je vous aime, Hellé. Voulez-vous partager ma vie de labeur, d'efforts, de pauvreté ?

» Ces paroles, je ne les ai jamais dites à aucune femme. Aucune n'aurait pu les entendre sans sourire ou se révolter. Aucune n'était digne de comprendre le vœu hardi de mon cœur.

» Dès mon adolescence, je brûlais pour les idées, et nulle beauté de chair n'effaçait pour moi leur beauté abstraite. Ces larmes chaudes qu'on verse, à dix-huit ans, pour les amantes d'un jour, les historiens et les poètes, seuls, me les arrachaient. J'aimais d'amour ces grandes figures héroïques qui surgissent sur les peuples et dont le verbe enflammé dit : « Patrie, Vertu, Liberté, Justice ». Je vouais mon existence aux causes qu'elles avaient servies et dont le triomphe, combattu par le mal, n'est jamais définitif.

» Autour de moi, mes amis, ma famille, s'inquiétaient. Ils me disaient :

» — Choisis une carrière honorable, puisque tu ne veux pas vivre dans le luxe et l'oisiveté. Ta fortune, ton intelligence te permettent de hautes ambitions.

» J'écoutais ces conseils en silence, et je sentais en moi une tristesse d'exilé.

» Étranger parmi les miens, je gardai jusqu'à l'âge d'homme un triple sceau sur mes lèvres et sur mon cœur. Bientôt, je me trouvai maître de moi. Avide d'employer pour la justice ces jeunes forces que je devinais en moi, intactes, naïves, capables, me semblait-il, de soulever le monde, j'étais pourtant tiraillé d'opinions contradictoires. J'allai consulter les hommes célèbres dont les œuvres résumaient, sans les résoudre, les problèmes moraux et sociaux qui me hantaient. Je voulus m'orienter aux rayons de ces grands phares, mais chacun n'éclairait qu'une partie de l'ombre. Quand je demandais la justice, le savant me montrait la Nécessité reine de l'univers, des lois fatales régissant les astres et les esprits, toute liberté illusoire, la guerre entre les espèces, la guerre entre les individus, l'égoïsme vital à la racine de tous les sentiments. L'historien me révélait le mensonge des codes. Le prêtre transportait la réalisation de la justice dans un au-delà problématique. Les politiciens vantaient chacun leur système et proposaient soit la table rase, soit le retour aux traditions mortes, soit des compromis qui ne pouvaient contenter personne.

» Ainsi, quand ma raison semblait satisfaite, quelque chose protestait dans mon cœur ; quand mon cœur était séduit, ma raison opposait des arguments à mes enthousiasmes.

» J'errais ainsi, plein d'idées et de sentiments inconciliables, quand, au cours d'un voyage à travers l'Europe, je me présentai chez Tolstoï. Bien que mon esprit n'inclinât point au néo-évangélisme prêché par ce grand homme, j'avais subi la secousse qu'il imprimait aux jeunes gens de ma génération. Il était un des dieux de ce Panthéon idéal que je portais en moi-même, et je l'aimais de réveiller les âmes engourdies dans le brutal utilitarisme de ce temps. De tous les coins de la Russie et de l'Europe, de jeunes hommes et de jeunes femmes venaient réclamer de lui un conseil, un mot qui décidât le sens de leur vie. Beaucoup, parmi mes compagnons de pèlerinage, étaient venus dans cette intention. Le maître leur répondit par ces paroles qui, paraît-il, lui sont si familières qu'elles sont devenues proverbiales dans son pays : « Simplifiez-vous. Asseyez-vous sur la terre. »

» Je ne partageais point toutes les doctrines de Tolstoï, ni sa théorie de l'amour, ni sa théorie de la non-résistance au mal, ni ce mysticisme particulier aux peuples slaves. Mon âme était facile à la tendresse, à la pitié, mais j'étais à la fois un rêveur et un combatif ; je ne séparais pas la pensée de l'action. Pourtant, le vieillard en blouse de moujik, penchant sur un établi de cordonnier son front génial et sa barbe de prophète, m'apparut comme l'annonciateur de ma destinée. Ne devais-je pas, dépouillant tout orgueil personnel, « m'asseoir sur la terre » entre les humbles et les petits, vivre de leur vie, les connaître, les aimer — et me relever plus fort pour les défendre? Vainement j'avais cherché la justice auprès des savants, dans la nature, auprès des politiques, dans l'État. Au spectacle de la souffrance humaine, l'amour et l'indignation la révéleraient à mon cœur.

» J'étais riche et je me sentais peu de besoins. Avec l'enthousiasme naïf qui appartient à la jeunesse et qui en rachète les erreurs, je me plus à réparer le mal autant qu'il était en mon pouvoir. Je me plus à remettre quelques égarés dans la voie de leur vocation véritable, donnant à celui-ci le loisir nécessaire, à cet autre des instruments de travail, pareil au jardinier qui déracine les plantes semées au hasard et rend chacune au sol qui lui convient.

» N'ayant conservé que les ressources indispensables, ne souffrant point de ma pauvreté, je commençai une descente dantesque dans les cercles de l'enfer social. J'en garde encore l'épouvante. Partout je vis le fort écraser le faible, l'homme opprimer la femme, l'injustice naturelle et conventionnelle peser sur l'enfant. En haut, je trouvai l'indifférence et le mépris; en bas, l'abrutissement et la haine. Je parcourus les hôpitaux, les prisons, les ateliers, les bouges. Souvent méconnu, suspect à ceux-là que je voulais servir, je vis parfois mes efforts tourner contre moi-même. Et, pleurant sur mes déceptions et mon impuissance, je compris l'énorme difficulté de l'œuvre de rénovation qui ne s'accomplira qu'au prix d'inconnus cataclysmes et par l'effort collectif de plusieurs générations.

» C'est alors que je connus Jacques Laurent. Il avait souffert les mêmes angoisses, traversé les mêmes épreuves. Il m'enseigna le désintéressement supérieur, la philosophie du semeur jetant le grain qu'il ne verra pas lever.

» J'avais achevé mes études de médecine et de droit. Un livre sur la *Psychologie du Criminel,* mes articles de l'*Avenir social* avaient répandu mon nom. J'avais des ennemis, déjà ! Mais je sentis bientôt que les ouvrages de théorie pure convenaient mal à mon tempérament. Je revêtis donc de chair et d'os mes idées, je les incarnai dans une forme humaine, je mêlai, dans le vaste cadre d'une aventure fictive, l'imaginaire et le réel. Ainsi j'ébauchai ce livre du *Pauvre* ; il contient mes révoltes et mes rêves.

» Me voici presque à la fin de ma jeunesse, seul, n'ayant donné à mon âme que l'amour du juste et du vrai pour aliment. J'avais banni les femmes de ma vie ; celles que je rencontrais libres, souvent intelligentes et séduisantes, avaient des ambitions de plaisir que je ne pouvais satisfaire. D'autres, humbles d'esprit, grandes de cœur, étaient des créatures tout instinctives et tout inconscientes. Aucune n'était de ma race.

» Mais je vous rencontrai, Hellé, et je ne pus oublier votre front de déesse, beau de sa pâleur mate et de son noble contour, plus beau de la pensée qui l'anime. J'adorai en vous la pureté, l'intelligence, la fierté. Pour la première fois, dans le secret de mon cœur, je me dis : — Celle-là, et celle-là seulement pourrait être ma compagne.

» J'eus le bonheur de gagner la sympathie de M. de Riveyrac. Je vous observai, Hellé, avec d'étranges alternatives d'espoir et de crainte. Connaissant votre esprit, je voulus éprouver votre cœur. Peut-être, accoutumé à l'émotion esthétique seulement, n'eût-il pas vibré au choc de la vie, au spectacle de l'infortune humaine. Peut-être deviez-vous représenter, dans les sphères supérieures de la société, le modèle vivant de la beauté faite pour s'épanouir, jouir, briller, éprise d'elle-même.

» Si je vous avais trouvée telle, ah ! je vous aurais admirée de loin, mais je n'aurais pu vous aimer.

» Et je vous aime. J'ai vu la pitié naître en vous, devant Marie Lamirault, devant son enfant : ils vous découvraient la misère et la faiblesse que vous ignoriez. Au spectacle des injustices, j'ai vu briller vos yeux, et votre poitrine se gonfler. J'ai entendu — avec quelle joie ! — le battement de votre cœur. La statue devenait femme. Elle pouvait aimer et souffrir.

» Hellé, si vous sentez en vous les forces surhumaines que crée et qu'entretient l'amour, venez à moi, dévouez-vous à mon œuvre. Ensemble, nous pourrions faire de grandes choses, et nos luttes et nos déceptions auraient de merveilleuses revanches. Nous serions ce couple dont je vous parlais autrefois, non plus le maître et l'esclave, mais les époux égaux et différents, associés pour le bien et le bonheur, fortifiés, meilleurs l'un par l'autre.

» Ne vous hâtez pas de répondre. Songez que je ne vous propose point un médiocre idéal. Si votre âme généreuse se soulève dans un grand espoir, songez qu'il faut vous recueillir et vous bien éprouver, car notre union ne saurait être que sublime ou désastreuse.

» Je voudrais achever cette lettre par des mots qui exprimeraient mon immense tendresse. Tous me paraissent vulgaires. Hélas ! je suis gauche et timide devant vous. Mais ce que vous êtes, ce que vous serez pour moi, éternellement, l'angoisse où je suis vous le révèlerait, bien-aimée. »

Qu'Antoine m'aimât, je n'en étais point surprise ; qu'il voulût m'épouser, ceci dépassait mes prévisions, car je m'étais accoutumée à le considérer comme un solitaire capable seulement d'attachement intellectuel. Sa tendresse, austère et chaste comme son âme, était pourtant un hommage que je ne recevais pas sans orgueil Mais il ne me promettait point cette adoration aveugle, cette soumission de dévot par quoi les hommes captent le frivole esprit des femmes. Il ne me dissimulait point les âpretés de sa vie, les sacrifices que notre mariage m'imposerait. Il n'avait ni l aspect ni le charme vainqueur de l'amant rêvé par ma jeunesse, beau de la beauté des héros, roi par le génie, dompteur adoré de la foule. Les vertus sérieuses d'Antoine effrayaient un peu mes vingt ans. A cet âge, l'amour qu'on appelle, si pur qu'il soit, participe du désir sensuel et de l'exaltation poétique. C'est la printanière églantine qui s'épanouit à mi-côte, sous le ciel clément. L'amour de Genesvrier était la fleur plus rare, éclose dans l'éther orageux, sur les cimes.

Je me demandais, pour m'éprouver, ce que je ressentirais si quelque événement imprévu bannissait Antoine de ma vie. Cette idée m'était douloureuse, et je sentais que nos liens, resserrés sans cesse, ne se rompraient plus sans déchirement. Depuis la mort de mon oncle, notre affection s'était fortifiée dans la solitude. Insoucieuse du préjugé qui oblige toute fille jeune à demeurer sous la tutelle d'un chaperon, j'avais conservé mon appartement, mes habitudes et l'indépendance d'allures et d'idées que la présence de mon oncle, jadis, n'entravait point. Madame Marboy, un peu choquée, m'en avait fait des remontrances, et ma décision semblait monstrueuse à madame Gérard. Mais le blâme latent que je devinais ne me gênait guère, et rien ne m'était plus précieux que l'intimité affectueuse d'Antoine et la fréquence de nos entretiens. Je ne me cachais ni de le recevoir chez moi, ni de lui faire de longues visites. Plus que jamais je m'intéressais à ses travaux ; j'essayais de participer aux œuvres actives de sa vie. J'avais des protégés qui occupaient mes loisirs. A voir des types divers, — surtout des femmes, — j'apprenais à rectifier et à motiver mes opinions, à connaître les âmes, leurs beautés, leurs défauts, l'effet des cruelles réactions de la vie. Avec une curiosité croissante, j'épelais ces livres vivants.

Ma bonne volonté avait enhardi mon guide. Puisque j'avais franchi tant d'étapes sur la route où il m'avait entraînée presque malgré moi, pourquoi ne le suivrais-je point jusqu'au bout de son rêve ?

Mais, dans le secret de ma conscience, je redoutais presque, avec une inquiétude un peu lâche, qu'il accomplît ce miracle de m'élever si haut. « Je serais plus brave, me disais-je, si j'aimais Antoine passionnément. Mais, à bien m'examiner, je ne découvre en moi que de l'admiration, du respect, quelque frayeur, des velléités, des aspirations, et le tout compose un sentiment indéfinissable. C'est le présage de l'amour, peut-être; ce n'est point encore l'amour. »

Je dînai seule dans un état d'âme plutôt mélancolique ; vers huit heures, je retrouvai Genesvrier au salon. Appuyé à la fenêtre, il contemplait la pluie qui tombait sur le jardin. Il vint à moi et m'attira près de la haute lampe qui traçait autour de la table un grand cercle lumineux

— Il faut que je vous voie bien en face, chère Hellé ! me dit-il.

Sa pâleur m'étonna.

— Qu'avez-vous résolu ?... Acceptez-vous l'épreuve ?

— Oui ; je veux attendre et réfléchir avant de prendre aucune décision.

— Fixez le délai vous-même. Prenez trois mois, quatre mois, s'il le faut. Si nous étions des gens ordinaires, je me montrerais plus impatient. Mais la partie que nous jouons est grave, à considérer la valeur des enjeux. Ne cédez pas, mon amie, à un entraînement d'imagination, à un enthousiasme généreux et passager. Si vous devez être à moi, je veux vous tenir de vous-même, par un don volontaire et conscient.

— Je vous reconnais bien là, Antoine, et je vous sais gré de votre probité morale. Je vous promets donc d'éprouver mes forces, d'étudier mon cœur. Dans trois mois, je vous répondrai. D'ici là je ne m'engagerai à personne.

— Je ne vous demande pas cela, dit-il avec vivacité, vous devez rester libre.

Il pressait ses mains, et, transfiguré d'espoir, il m'éblouissait de sa joie, de sa tendresse concentrées comme un faisceau de rayons dans la lumière de ses yeux.

— Je ne sais pas être galant, Hellé. Devant la femme que j'aime, j'ai peu de paroles... Mais que serait le bonheur, si le seul espoir du bonheur m'ébranle aussi profondément !

— Antoine, dis-je, je ne puis rien promettre, mais vous pouvez tout espérer. Je ne connais pas mon cœur ; je voudrais vous aimer, je le voudrais... Mais, quoi que je vous réponde dans trois mois, sachez ceci : je vous aime d'une éternelle amitié ; je vous estime au-dessus de tous les hommes, et je vous remercie de vous être attaché à moi Si je ne deviens pas votre femme, je resterai votre sœur.

— IL FAUT QUE JE VOUS VOIE BIEN EN FACE.

— Merci, Hellé ! fit-il d'une voix étouffée.

Il baisa mes mains et détourna la tête pour cacher son émotion.

— J'entends qu'on vient, murmura-t-il en reprenant son attitude impassible.

— C'est madame Marboy.

La porte s'ouvrit. C'étaient madame Marboy et Maurice Clairmont.

XIX

— Je vous amène un revenant, Hellé ! dit ma vieille amie. Maurice est à Paris depuis quelques jours. Il est venu me demander à dîner ce soir ; je l'ai prié de m'accompagner.

— Vous avez bien fait, chère madame... Vous voilà revenu sain et sauf, monsieur Clairmont ? Êtes-vous content de votre voyage ? Nous ne nous attendions pas à vous revoir si tôt.

— Je vous expliquerai les raisons de mon brusque retour, répondit le jeune homme en serrant la main que je lui tendais. J'ai appris le malheur qui vous a frappé, mademoiselle, et j'en ai ressenti une peine sincère. Monsieur de Riveyrac était un de ces hommes qu'on n'oublie point et qu'on voudrait revoir.

Il demanda quelques détails sur la mort de mon oncle, d'un accent de sympathie vraie. Puis il échangea quelques mots avec Genesvrier.

— Il paraît, dis-je, que vous avez été pris par des brigands ? Il y a encore des brigands en Grèce ? Mon pauvre oncle en était charmé.

— Les brigands que j'ai rencontrés étaient de fort bons diables, mademoiselle. Je leur ai payé rançon, et nous nous sommes quittés dans les meilleurs termes.

— On m'avait conté que vous les aviez enrôlés contre les Turcs.

— Il y a toujours un peu d'exagération dans les histoires de voyage... En réalité, je n'ai pas vu l'ombre d'un soldat turc... J'ai visité la Grèce ; j'ai salué en passant votre ami monsieur Walter, l'homme en bois, qui me faisait penser à l'*homunculus* de Faust égaré dans le sanctuaire de Phébus Apollon. J'ai vu les grottes du Parnasse, où les habitants de Delphes se réfugièrent pendant l'invasion médique, lorsque le Dieu écrasa les Perses sous une pluie de rochers. J'ai vu l'aube et le soir dorer le Parthénon. J'ai erré, comme Ulysse, sur la mer des Cyclades... Enfin je me suis reposé à Corfou, Corfou la délicieuse, et j'y ai achevé un drame que Noémi Robert va jouer.

— Bientôt ?

— Cet hiver. Imaginez-vous, mademoiselle, que la grande tragédienne comptait représenter une comédie lyrique de Pierre Cabarus. C'était l'unique ouvrage en vers de la saison... Mais Cabarus est tombé malade, et il a fallu remettre les répétitions au printemps. Un ami bienveillant et influent m'a averti. *Sapho* était prête. J'ai pris le premier bateau pour Marseille. Je suis tombé chez Noémi comme un aérolithe. Et, lundi dernier, la divine personne m'a déclaré qu'elle allait mettre mon drame à l'étude et qu'elle créerait le rôle de Sapho.

— Vous voilà sur le chemin de la gloire ! dit en souriant Genesvrier.

— Maurice ira jusqu'au bout du chemin, fit madame Marboy. Il paraît qu'en haut lieu on s'intéresse fort au succès de sa pièce.

— En haut lieu ?

— Parfaitement... Rébussat, le nouveau ministre des Beaux-Arts...

— C'est-à-dire, interrompit Maurice, que je l'ai rencontré chez ma cousine de Nébriant... Mais vous le connaissez, Genesvrier ! Je crois même que vous n'êtes pas très bien ensemble...

— Je l'ai connu autrefois, assez pour le mépriser.

— Mon Dieu, fit Clairmont après un silence, je sais qu'on dit beaucoup de mal de Rébussat. Cela ne prouve rien... A Paris, dans le monde des lettres, on se calomnie comme on s'encense.

— J'ai pu juger Rébussat. C'est un homme de palinodies et de mensonges. Le père Lethierry l'avait accueilli, patronné à ses débuts... Quand Lethierry est tombé en disgrâce, Rébussat l'a abandonné et accablé, lâchement. Rébussat, mon cher, c'est un Tartufe aux souplesses de Scapin.

— Un homme intelligent !

— Très intelligent ! Il a de l'élégance, du charme, de la verve, toutes les qualités qui abusent les hommes et séduisent les femmes. Aussi quelle rapide et brillante carrière ! Député à trente ans, le voilà ministre.

— N'avez-vous pas écrit un article contre lui, Antoine ?

— Oui, pour répondre à celui dont il honorait la mémoire de Lethierry, son ex-protecteur... Nous avons failli nous battre ; mais Rébussat n'y tenait guère. Il m'a gardé une noire rancune, je le sais.

— Mon pauvre Antoine, dit madame Marboy, vous avez l'art de vous faire des ennemis.

— Et des amis ! dis-je en rompant la discussion. Que vous importe monsieur Rébussat ? Je vais calmer les colères avec une tasse de thé.

PENDANT QUE JE PRÉPARAIS LE SAMOVAR...

— Puis-je vous aider, mademoiselle ? dit Clairmont.

Madame Marboy, dans une causerie affectueuse, continuait de taquiner Genesvrier. Pendant que je préparais le samovar, Maurice Clairmont se rapprocha :

— Votre solitude doit vous attrister, mademoiselle ! me dit-il.

— La mort de mon oncle a laissé un grand vide dans ma vie, mais il a bien fallu me créer des occupations. J'étudie toujours; je lis; je vois souvent la bonne madame Marboy, monsieur Genesvrier et les vieux amis de mon oncle.

Il sourit.

— J'ai envie de vous dire, comme Athalie au jeune Eliacin :

Eh quoi! vous n'avez pas de passe-temps plus doux?

— Je vous affirme que je ne m'ennuie point.

— L'ennui viendra tôt ou tard.

— Pourquoi?

— Parce que l'étude, les livres, la musique, la conversation des gens vénérables ne peuvent longtemps suffire au bonheur d'une jeune fille de vingt ans. Étrange destinée que la vôtre, mademoiselle Hellé. Vous êtes parmi nous comme une héroïne du passé, une femme de Pompéi ressuscitée après plusieurs siècles. Cela me rappelle un incident de mon voyage.

— Racontez !

— Je vous ai vue, telle que je vous vois.

— Où donc ?

— A Delphes, près du temple d'Apollon, là même où les ouvriers découvrirent devant moi l'*Aurige* de bronze, œuvre du sculpteur Euphronios, offert à Phébus par Polyzalos, frère du roi syracusain Gélon, ami de Pindare... Vous voyez que je suis devenu érudit. Je parle comme un livre... d'archéologie !

— Vous rendriez des points à Walter lui-même.

— Cet *Aurige* faisait partie d'un groupe brisé par l'avalanche de rochers qui détruisit le temple des Alcméonides. On a retrouvé le timon du char, les rênes, des membres rompus de chevaux et le bras de la Victoire, qui tenait un diadème, une palme et une couronne.

— Vous étiez là ?

— Oui, et je prenais à ces fouilles l'intérêt le plus passionné. Je vis mettre au jour des fragments innombrables, et, parmi ces fragments, un torse de femme. Les ouvriers l'arrosaient d'eau, sans cesse, pour désagréger la croûte limoneuse qui lui formait un masque épais. Peu à peu, la face apparaissait, on devinait la ligne des bandeaux, le relief d'un diadème, le pur sourire que l'éboulement et la pioche avaient respecté. Il me semblait le reconnaître... Était-ce aux musées de Paris ou de Rome que j'avais admiré, naguère, ce calme visage de marbre, à la fois humain et divin ? Je prêtais à ces yeux la lumière d'un regard vivant, à cette bouche la mélodie d'une parole entendue autrefois.

— Et c'était...

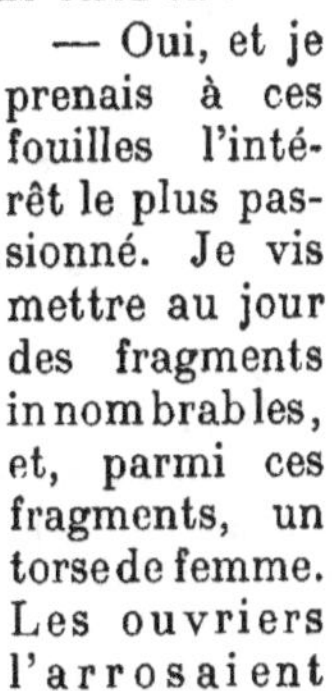

PARÉE DE FLEURS...

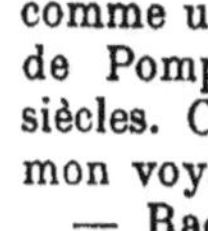

— Attendez ! L'eau, inondant les tempes, découvrit enfin la couronne : je reconnus Perséphoné à son diadème de narcisses, — et je vous revis, Hellé, dans le jardin printanier, au clair de lune, parée de fleurs étoilées, comme la vierge d'Eleusis. Pareille à votre sœur de marbre, vous m'étiez apparue à travers les laideurs et les fanges de la vie moderne, comme un type de beauté éternelle. Mais vous viviez. Un jeune sang courait dans vos veines. Une âme habitait votre front. Delphes avait gardé la Perséphoné souterraine ; j'avais rencontré la déesse elle-même échappée de l'Hadès et ressuscitée sous un autre ciel.

— Rêve de poète, dis-je en souriant, rêve flatteur et gracieux.

Il baissa la voix :

— Cette ressemblance m'émut comme un présage. Tout le jour, puis toute la nuit, je pensai à vous, parmi les rochers prophétiques, sous l'éther où tournaient les constellations sacrées aux noms sonores... Que faisiez-vous ? Où étiez-vous ? M'aviez-vous tout à fait oublié ?

Le thé noircissait dans la théière refroidie... Par quel prodige l'ancien enchantement s'était-il renouvelé ? Je ne pouvais détacher mes yeux des yeux de Maurice, bleus comme la mer où naquit l'amour.

— Non, murmurai-je malgré moi, je ne vous avais pas oublié.

— Eh bien, Hellé ? fit madame Marboy.

Je crus m'éveiller, tressaillante.

— Nous parlions des fouilles de Delphes, dit Maurice en se levant. Je racontais à mademoiselle de Riveyrac que j'avais assisté à la découverte du fameux *Aurige* de bronze.

— J'ai vu une gravure de cet Aurige, dit Genesvrier. N'est-ce pas, la draperie ?...

Je ne les écoutais plus. Machinalement, je versais le thé, éclairci d'eau chaude. En l'offrant, je rencontrai le regard paisible d'Antoine, et je compris que ma causerie à mi-voix avec Maurice n'avait éveillé en lui aucun émoi jaloux... Pourquoi donc, sous ce regard confiant, tendre, heureux, un remords opprima-t-il mon âme ?

XX

Antoine avait déjeuné avec moi. Il allait me quitter, quand Babette introduisit Maurice Clairmont.

— M'excuserez-vous, mademoiselle ? Je viens vous demander conseil, — dit le poète qui semblait un peu gêné de la rencontre et désireux d'expliquer sa visite inattendue. Les répétitions de *Sapho* vont commencer, et Noémi Robert souhaite quelques modifications. Je voudrais lire à mademoiselle de Riveyrac certains passages de mon drame et prendre son avis.

— Assurément, Hellé vous sera de bon conseil ! dit Genesvrier, sans que je pusse distinguer dans son accent une nuance d'ironie.

Il se leva pour partir.

— Et vous, Genesvrier, dit Clairmont, que faites-vous ? Je sais que vous dirigez l'*Avenir social*. Mais votre livre va-t-il enfin paraître ?

— Bientôt. J'ai malheureusement, moi aussi, des retouches à faire, auxquelles mademoiselle de Riveyrac ne peut m'aider.

Ils échangèrent une poignée de main, et j'accompagnai Genesvrier jusqu'à la grille extérieure.

— Vous n'attendiez pas monsieur Clairmont aujourd'hui ? me dit-il.

— Antoine, est-ce que vous êtes fâché contre moi ?

— Contre vous, chère petite ? dit-il avec tendresse. Et pourquoi donc ?

— J'ai craint... une minute... que la visite de monsieur Clairmont ne vous ait déplu.

— Et vous êtes assez loyale pour m'avouer ce souci... Eh bien, je vous en estime davantage, chère Hellé. Non, dit-il en redressant sa haute taille, — ne vous y trompez pas ; je ne prétends avoir aucun privilège d'amoureux ; je n'y ai aucun droit et, si j'étais capable de jalousie, je dompterais ce vilain sentiment... Vous êtes libre, Hellé, jusqu'au jour où vous mettrez votre main dans la mienne, si ce jour doit jamais venir. Vous pouvez recevoir qui vous plaît, autant qu'il vous plaît. D'ailleurs, je ne crains personne, Hellé... Hormis vous-même, et l'imagination qui veille sous ce beau front... Allons, ma petite amie, rentrez. Vous allez prendre froid... et puis que dirait votre hôte ? Vous vous compromettez beaucoup !

ILS ÉCHANGÈRENT UNE POIGNÉE DE MAIN...

Il souriait. A travers la grille, je le regardai s'éloigner ; puis je rejoignis Maurice.

Babette desservait la table. Je priai Clairmont de m'accompagner dans la bibliothèque, où je me tenais habituellement.

C'était un de ces jours d'hiver, purs et glacés, qui brodent de givre l'arête des toits et les rameaux noirs. Un grand feu brûlait. Nous nous assîmes près de la cheminée monumentale, que dominait la Pallas d'Olympie, entre deux flambeaux en cuivre massif.

— Quelle noble sévérité règne ici ! dit Maurice, Paris semble loin. Quand je vous regarde, mademoiselle, toute jeune, toute blanche, et blonde, dans ce cadre austère, je crois vivre un conte d'Hoffmann.

— Je me plais ici. J'aime ces meubles sombres et luisants, ces rayons chargés de livres, ces frises de plâtres où défilent des cavaliers. Ici je retrouve l'image de mon oncle. J'y relis ses livres préférés, et parfois je crois entendre un pas, un grincement de plume, un frôlement de feuillets.

— Oui, c'est votre refuge, votre tour d'ivoire. Vous n'y recevez pas les importuns...

— Je vois si peu de monde depuis mon deuil.

— Vous n'allez plus chez madame Gérard ?

— A ses soirées ? Non.

— Et chez madame Marboy ?

— Souvent. Mais madame Marboy est une véritable amie.

— Vous êtes liée avec Genesvrier, fit-il d'un ton affirmatif, comme s'il entendait bien constater un fait, et non poser une question.

— Mon oncle l'aimait beaucoup.

— C'est un homme de valeur... évidemment ; mais ce n'est pas un artiste. Je le trouve chimérique et violent.

— Il ne me paraît pas que monsieur Genesvrier soit indifférent aux choses de l'art. C'est un remarquable écrivain. Il a un sentiment juste et fin de la poésie, de la musique, de la sculpture. S'il était un barbare, il n'aurait pas mis dans son cabinet de travail la *Mélancolie* de Dürer et l'*Esclave* de Michel-Ange.

— Vous êtes allée chez lui ? fit vivement Clairmont.

— Oui. Je m'intéresse à des œuvres qu'il patronne, à des gens qu'il secourt.

— Si vous l'écoutez, mademoiselle Hellé, il vous transformera en nonne laïque, et ce sera grand dommage pour vous... et pour nous.

— Si nous parlions de vous, monsieur Clairmont ? Où est votre manuscrit ?

Il posa un portefeuille sur la table.

— Vous pensez bien que je ne veux pas vous infliger la lecture de trois actes. J'ai détaché quelques fragments.

— Eh bien, lisez.

— Soit... Mais, quoique je sois venu pour travailler, je n'en ai aucune envie.

Il m'expliqua le sujet du drame, insistant sur les modifications scéniques que demandait Noémi Robert. Peu à peu ses yeux s'éclairèrent, sa voix sonna plus haut. Il lut un chœur, divisé en strophes et antistrophes, à la manière antique, — une scène entre Alcée et Sapho,

IL M'EXPLIQUA LE SUJET DU DRAME...

— un dialogue entre Phaon et Mélissa. Je le priai de continuer.

— Mais c'est tout.

— Comment ?

— Je n'ai rien apporté d'autre.

— C'est dommage !

— Mon drame vous plaît donc ?

— Je suis dans l'émerveillement. Tandis que vous lisiez, tout à l'heure, je voyais la mer violette, la conque d'or de la grève, le bois sacré, le chœur des jeunes filles... toutes mes visions enfantines... A peine savais-je lire que, sous le figuier de notre jardin, je m'enchantais à répéter les vers de Chénier et de Lamartine. Oui, déjà, j'étais sensible au rythme, au choc des syllabes sonores, à la douceur ondoyante et longue des grands vers élégiaques... Je savourais, sans la bien comprendre, la beauté mystérieuse des mots... Mais vous allez me trouver pédante et rire de moi.

— Ah ! dit-il, les applaudissements de la foule ne valent pas votre silence attentif, votre émotion, le songe que je vois passer dans vos yeux. Je vous remercie de toute mon âme, mademoiselle Hellé. Maintenant, critiquez, et sévèrement !

— Cela me serait bien difficile, aujourd'hui surtout. Et puis je n'ai pas qualité.

— Alors, dit-il vivement, vous me permettrez de revenir ?

— Oui.

— Demain ?

— Volontiers.

Il se leva et s'adossa à la cheminée :

— C'est une heureuse fortune pour moi de vous avoir rencontrée ! s'écria-t-il gaiement. Ne pensez-vous pas, Hellé... pardon, je vous nomme tout haut comme j'ose vous nommer dans ma pensée... ne pensez-vous pas qu'il y ait entre nous des affinités secrètes et charmantes, puisque les mêmes mots font vibrer nos âmes, qui rendent le même son ?

— Peut-être... mais vous êtes un artiste, un créateur, et moi, sans génie, sans talent, je ne puis qu'admirer et me taire. J'aurais honte de vous donner des conseils, moi qui n'ai rien fait et qui ne suis rien !

— Comptez-vous donc pour rien le miracle d'être devenue, en ce siècle brutal et laid, la créature que vous êtes ? Votre œuvre, c'est vous-même, Hellé. Vous avez la beauté du marbre et la grâce ailée de la strophe. Vous êtes la statue et le poème à la fois. Exilée parmi les barbares, vous vivez un rêve plus beau que nos œuvres.

Il se rapprocha.

— Rêvez un peu tout haut, je vous en prie, dit-il avec l'irrésistible sourire de l'homme qui connaît sa force et pressent sa victoire. Rêvez votre avenir ; je resterai silencieux à mon tour, pour vous écouter.

— Hélas ! dis-je, je ne saurais vous répondre... Mon avenir ! Un voile le couvre, tour à tour sombre et brillant. Autrefois je n'imaginais point d'autre bonheur que d'enclore ma vie dans les beaux horizons de la Châtaigneraie, lire, étudier, regarder les fleurs, saluer par leurs noms les étoiles familières. Je ne demandais rien de plus. Mais, depuis, j'ai vu les hommes, leurs douleurs, le mal qu'ils renouvellent perpétuellement, et ma sérénité s'est troublée à ce spectacle.

— Ah ! je reconnais ici l'action de Genesvrier.

— Il est vrai... monsieur Genesvrier m'a suggéré des scrupules que j'ignorais. Il m'a dit que l'art tenait à la vie par des racines profondes : que, séparé d'elle, il n'était plus qu'une fleur morte et sans parfum. Il a voulu me jeter dans la réalité.

— Sacrilège ! Ah ! je reconnais sa chère théorie... Mais nous parlions de votre avenir.

— Que j'ignore.

— Que je vois nettement. Votre avenir, c'est le triple triomphe de la beauté, de l'intelligence, de l'amour. Je vous vois et je vois le compagnon élu par vous entre les élus de la gloire. Il adore en vous son idéal réalisé, la forme vivante de son génie. Il règne sur les âmes, et vous régnez sur lui.

Je souris.

— Chimère !

— Qui sait ? répondit-il.

Maurice revint le lendemain, et ses visites furent bientôt quotidiennes.

Parfois, je souhaitais qu'il les espaçât, malgré l'extrême plaisir qu'elles m'apportaient. J'espérais, par un effort que je m'imposais comme un devoir, reculer son image à l'arrière-plan de ma vie. Déjà, je ne trouvais plus le goût ni le loisir de me recueillir comme je l'avais promis à Antoine. J'allais moins souvent rue Clovis ; je délaissais mes protégés. Tout mon temps était pris par les lectures et les causeries que prolongeait habilement Clairmont, au nom de l'art, au nom de notre amitié naissante. Les heures qui s'écoulaient ainsi étaient des heures d'enchantement. Mais pourquoi, dès que le jeune homme avait franchi mon seuil, une tristesse me prenait-elle, au souvenir des heures pareilles que j'avais passées près de Genesvrier ?

Celui-ci ne pouvait ignorer les brusques phénomènes de révolution morale qui se succédaient en quelques semaines, contrariés par ma volonté, aidés par un obscur désir. Je me reprochais de ne point savoir équilibrer mes plaisirs, mes devoirs, mes affections. Mais Genesvrier, dont je devinai l'inquiétude, semblait refréner sa passion pour respecter ma liberté. Que de fois, émue par sa tristesse, j'étais prête à me réfugier vers lui, à lui découvrir les contradictions de mon cœur ! Une pudeur mêlée de honte, de pitié, d'incertitude aussi, scellait mes lèvres, — et peu à peu je sentais une gêne dans mon attitude, et, dans celle de Genesvrier, un étonnement plus cruel pour moi qu'un reproche.

La nouvelle année commença : madame Marboy, souffrante, ne sortait guère ; elle se plut à nous réunir, Maurice et moi. Sensible à la gaieté de son filleul, à sa courtoisie, aux attentions dont il l'entourait, elle favorisait tous ses desseins. Elle s'appliquait à incliner mon âme vers Maurice. N'était-il pas tout pareil, peut-être, à son ancien idéal de jeune fille à l'homme qu'à mon âge elle eût aimé.

XXI

Seule dans la baignoire dont la grille dorée, levée à demi, me dérobait à l'indiscrétion des lorgnettes, inattentive à la foule houleuse qui refluait dans la salle avant le lever du rideau, je relisais un billet envoyé par Maurice avec une gerbe de lilas blanc :

« Comme un soldat grec, avant la bataille, suspendant l'offrande fleurie au piédestal de Pallas victorieuse, je mets à vos pieds ces fleurs, chère Hellé. Que votre présence invisible me soit un favorable augure. J'ai voulu que vous fussiez seule pour entendre mon œuvre et la juger. Ma pensée, à travers le tumulte ou le silence, ira constamment vers vous.

» J'aurais aimé m'asseoir à votre côté, dans l'ombre où ne vous devineront pas les spectateurs. Je ne puis. Je suis la proie de mes amis, de mes interprètes, de toutes espèces de gens jaloux d'épier ma sérénité dans le succès ou la déroute. Pourtant, la soirée ne se passera pas sans que j'aille chercher près de vous la consolation de ma défaite ou le prix de ma victoire. »

La salle, peu à peu, s'était remplie. Accoudée, le front dans mes mains, je savourais l'ivresse légère qu'exhalaient les frais lilas, blancs comme ma robe blanche. Je ne regardais pas le public particulier des premières, ce public mêlé, turbulent, amusant pour les vrais Parisiens, parce qu'ils y reconnaissent des journalistes, des artistes, des comédiens, des snobs, des femmes de tous les mondes et des types qui n'appartiennent à aucun « monde » défini. Les gens qui causaient, riaient, songeaient autour de moi, m'étaient inconnus ou indifférents. En toute autre circonstance, j'aurais désiré qu'on me les nommât ; leur histoire, racontée par Maurice, m'eût étonnée, instruite ou divertie... Mais Maurice n'était pas avec moi, dans cette petite loge où il m'avait reléguée si jalousement, si tendrement, pour que rien ni personne ne prît un peu de mon attention, un peu de ma pensée, qu'il voulait tout entière à son œuvre. Et rien ni personne ne pouvait m'intéresser.

Tout à coup le lustre baissa. Un invisible orchestre, adroitement dissimulé, commença un bref prélude, d'un caractère pastoral, et le rideau se leva sur le noble décor d'un bois sacré, aux environs de Mytilène. Par une échancrure de rochers on voyait au loin bleuir la mer. A l'ombre des myrtes d'Aphrodite, le chœur des vierges, conduit par une chorège blonde, évoluait lentement. Soudain, salué par l'hymne des lyres, le grand vieillard Alcée sortait du bois. Il interrogeait les vierges sur Sapho, qui, dévorée d'ennuis mystérieux, fuyait les temples et les places de Mytilène.

Sur un rythme lent, scandé par les lyres, le chœur traversa la scène et disparut. Seule, la vierge Mélissa demeura près de la fontaine, invoquant la Naïade et murmurant des vers qui exprimaient la douceur et le tourment d'aimer. Comme évoqué par elle, apparut le beau chasseur Phaon. Oubliant son arc, ses flèches et l'ivresse de la poursuite, il vint se désaltérer à la source entre les arches et les iris.

Un dialogue délicieux s'engagea, interrompu par Alcée, qui renvoyait la jeune fille près de ses compagnes et emmenait Phaon.

Ce premier acte, tout parfumé de poésie antique, disposa favorablement le public. En observant le mouvement de la salle, j'y sentis circuler cette électricité de sympathie qui est le sûr présage du succès.

Abritée par le grillage d'or, je cherchai des visages connus, et, peu à peu, je découvris madame Gérard, assise entre madame Marboy et une jeune femme, sur le devant d'une loge. A l'orchestre, mon

UNE FEMME ASSEZ CORPULENTE...

vieil ami Lampérier causait avec le critique d'un journal grave. Dans une avant-scène, somptueuse comme un boudoir, des dames agitaient des éventails et croquaient des pastilles qu'un monsieur leur offrait dans une bonbonnière d'or. Parmi ces dames, je devinai, d'après les indications de Maurice, cette fameuse baronne de Nébriant, sa cousine, dont il m'avait souvent parlé. C'était elle, à n'en pas douter, qui occupait le centre de la loge : une femme assez corpulente, qui ressemblait à un portrait de Largillière, avec son teint fleuri d'un léger fard, ses beaux yeux sombres, ses épais cheveux gris d'argent. Une agrafe de diamants brillait dans les dentelles du col; un chiffre de diamants ornait le manche de l'éventail tout en plumes blanches et en écaille blonde. J'avais entendu vanter les réceptions de la baronne, les comédies qu'elle faisait jouer par des amateurs, et les petits livres de Pensées et d'Impressions qu'elle publiait chaque année, sous des titres précieux : *Papillons bleus,* ou *Fleurs effeuillées.*

J'APERÇUS ENFIN SA TÊTE PENSIVE...

Détourné de madame de Nébriant, mon regard fouillait l'orchestre, les demi-cercles des galeries, cherchant celui qui n'osait pas, sans doute, me rejoindre. Antoine Genesvrier. Pourquoi, dans l'entr'acte, ne venait-il pas me saluer ? Nous nous étions vus bien rarement depuis quelques semaines, et l'on eût dit que, par un accord tacite, nous reculions une explication douloureuse qui bientôt deviendrait nécessaire. Je ne pouvais pas me dissimuler que notre sérénité fraternelle s'altérait déjà, qu'il y avait entre nous je ne sais quel obstacle.

J'aperçus enfin sa tête pensive qu'un secret souci vieillissait, ses cheveux bruns, marqués de gris vers les tempes, son vaste front, sa main crispée sur le rebord du balcon. Et, pour échapper au malaise qui montait d'une profondeur inconnue de mon âme, je plongeai mon visage dans la caresse embaumée des lilas, qui m'enveloppèrent comme d'un subtil et jeune amour. J'entendis la rumeur de la salle s'apaiser, l'orchestre élever cent voix douloureuses : harpes, cors et violons gémissaient en sourdine la mélancolie nostalgique des vaines amours.

J'ouvris les yeux. Couchée sur le flanc, dans sa longue draperie blanche, les cheveux mal retenus par une résille d'or, la célèbre tragédienne prêtait aux langueurs de Sapho sa plastique superbe, l'eurythmie de ses poses, la musique de sa voix. Le décor représentait la terrasse d'une maison ; la lune planait au ciel crépusculaire. Trois jeunes filles, vêtues de lin transparent, vert, bleu, mauve, se tenaient droites et silencieuses dans un angle entre de hautes jarres d'argile d'où s'élançaient des lis sauvages. Un laurier découpait sur les claires dalles de marbre l'ombre noire et fatidique de ses rameaux. Tout à coup, comme appelée par les flûtes invisibles, Sapho se soulevait à demi — et c'était la délicieuse cantilène élégiaque, les stances du souvenir, puis le furieux transport, l'invocation à Aphrodite, clamée d'une voix de colère et de désir, avec un redressement du corps, un geste des bras tendus qui faisaient éclater en bravos la salle conquise et haletante.

En quelques minutes, Noémi Robert avait assuré le triomphe du poète, si étroitement associé à son triomphe personnel, que ni le public ni moi-même ne distinguions plus le génie de l'interprète du génie de l'auteur.

Le drame continua, mêlant aux amours de Phaon et de Mélissa les angoisses jalouses de Sapho, les tristesses d'Alcée. Et quand le rideau retomba sur les imprécations de la poétesse, éclairée enfin, ce furent des trépignements, des rappels, une folie déchaînée et contagieuse qui me saisit malgré moi. Prise de vertige, incapable de maîtriser mes nerfs, je sentis couler des larmes involontaires...

Si violente fut cette crise d'exaltation intérieure que je n'entendis point s'ouvrir, puis se refermer, la porte de la petite loge. Une main toucha mon épaule, un souffle brûla ma joue, une voix frémissante appela :

— Hellé !

C'était Maurice, pâle, ému, mais rayonnant de la double victoire que la clameur grondante et mes larmes lui promettaient. Sans que j'eusse rien dit, sans qu'il eût murmuré une prière, je me trouvai dans ses bras ; la rumeur de la salle souleva vers lui mon âme éperdue... Deux mots, un baiser, une promesse... Ce fut tout. Nous restâmes côte à côte, en silence, épuisés, enivrés, la main dans la main, pendant que le rideau se relevait sur la grève désolée de Leucade. Les flûtes pleuraient lugubrement à l'unisson du cœur... Alcée, Mélissa, Sapho, tour à tour reparurent. Le drame du fatal amour se dénoua dans la splendeur lyrique des lamentations.

Et ce fut l'adieu de la poétesse à la terre natale, à la douce lumière ; ce fut l'invocation à l'Eros souterrain qui guide dans les champs d'asphodèles les ombres infortunées des amants.

Une clameur triomphale clama la chute du rideau, qui se releva plusieurs fois sur Noémi Robert, oppressée, souriante, heureuse. Alcée jeta enfin le nom de l'auteur à travers la tempête des bravos, et Maurice, qui me tenait embrassée, frémit malgré lui, dans l'ombre.

Derrière nous, soudain la porte craqua.

— VOS AMIS VOUS RÉCLAMENT.

Désenlacés, nous nous séparâmes, et j'aperçus Antoine Genesvrier.

— Clairmont, dit-il, vos amis vous réclament. On vous cherche partout. Allez jouir de votre succès...

— J'y vais, dit Maurice, qui semblait ivre... Adieu, Hellé, au revoir !

Il sortit. Antoine resta debout à la place qu'il venait de quitter. Puis, le bruit décroissant, il dit :

— Venez-vous, Hellé, avant que les couloirs soient envahis ? Je vous accompagnerai, si vous le permettez.

— Oui... balbutiai-je.

Il réclama à l'ouvreuse le capuchon de

dentelle, le grand manteau de satin gris. Je pris le bouquet de Maurice, et je suivis Genesvrier à travers les couloirs.

L'air glacé, me frappant au visage, calma la fièvre qui me brûlait. Assise près d'Antoine, dans la voiture, je m'efforçai de parler sur un ton aisé et naturel, vantant le drame et l'admirable interprète. Il approuvait par mots brefs. Le fiacre tourna dans une ruelle obscure ; — et soudain j'eus le pressentiment, la certitude qu'Antoine savait tout, qu'il allait parler.

— Ma chère Hellé... commença-t-il.

Sa voix altérée m'était douloureuse à entendre. Il soupira profondément, et, par un effort qui le déchirait :

— Hellé, fit-il, mon enfant, j'ai deux mots à vous dire, deux mots seulement. Je voulais attendre à demain... Ce me serait trop pénible... Ne tremblez pas, Hellé ; je ne veux ni vous blesser, ni vous attrister. Ce qui est arrivé devait arriver ; je ne me plains pas.

— Antoine, je vous jure...

— Non, non, ne parlez pas.. Vous n'avez pas besoin de vous défendre, ni de rien expliquer... C'était fatal, vous dis-je... Je m'y attendais, depuis quelque temps... Non, Hellé, ne dites rien.

L'ombre me cachait sa souffrance stoïque et lui dérobait mon émoi, mon remords. L'odeur des lilas flottait ironique et douce.

— Vous n'aviez rien promis. Vous étiez libre. Votre cœur a parlé. Suivez son vœu. Que vous offrais-je, moi. Folie, folie ! J'aurais dû penser à mes cheveux qui grisonnent, à l'austérité de ma vie, dont s'est effrayé l'amour. Ainsi chacun a son heure d'illusion et de faiblesse.

— Je vous fais du mal, dis-je dans un sanglot.

— Ne pleurez pas, chère petite, dit-il avec douceur. Comme je vous aimais hier, comme je vous aime aujourd'hui, éternellement je vous chérirai. Mon cœur n'est pas de ceux qui changent... Mais ne craignez pas que je me laisse emporter à quelque folie de désespoir. Je vais souffrir. Je me créerai des devoirs aussi grands que ma douleur... Et maintenant, qu'il ne soit plus jamais question de ces choses.

— Antoine, suppliai-je, je vous verrai encore ? Vous resterez mon ami ?

— Votre ami, toujours. Mais laissez-moi le temps de me calmer et de me reprendre... Plus tard nous nous reverrons, chère Hellé.

Je pressai sa main sans répondre. La voiture s'arrêtait. Je descendis.

XXII

Le soleil, frappant à revers les rideaux, de Jouy bleu et blanc, emplissait ma chambre d'un frais demi-jour azuré où tremblaient des flèches de lumière. Je m'éveillai. Lasse, le front lourd de migraine, j'avais seulement conscience d'avoir pleuré longtemps et de m'être endormie tard, d'un sommeil trouble.

Je sonnai. Babette entra, apportant des lettres et des journaux.

Le souvenir me revint, dans l'invasion brusque du jour.

« Grand, très grand succès... Un poète se révèle... Une gloire de demain... Un chef-d'œuvre qui promet d'autres chefs-d'œuvre... »

Sur ce thème, chaque critique, suivant son tempérament et son humeur, brodait l'éloge de Maurice, les louanges à Noémi Robert, des prophéties, des conseils, des félicitations. L'*Écho du Jour* consacrait, en première page, un long article au jeune triomphateur, rappelait la date de sa naissance, ses amitiés, ses parentés, son voyage byronien... On ajoutait même que Maurice Clairmont avait débuté dans le monde sous les auspices de sa belle cousine, la baronne de Nébriant ; qu'il avait lancé, le premier, la mode des œillets jaunes... On n'oubliait point de décrire son beau type « d'Espagnol mêlé de Maure, ses cheveux indomptés, ses yeux bleus, doux comme des yeux de femme ».

Cette littérature m'étonna. Je la trouvais un peu ridicule. Je revins aux articles de critique sérieuse. Un seul journal apportait une note discordante :

« Certes, nous saluons en M. Clairmont un maître ouvrier du rythme, un artiste habile à adapter son œuvre au génie particulier d'une interprète qui saurait, au besoin, transfigurer le médiocre. *Sapho* est un spectacle attrayant, que les amis de l'auteur, les demi-lettrés, les mondains, qualifieront de sublime. Les décors sont merveilleux ; les esclaves de Sapho, sur la terrasse, semblent habillés par Alma-Tadema. La musique est si tendre, si lascive !... Mais les décors, les costumes, la musique même, contribuent parfois à égarer le jugement des spectateurs. Moi-même, je n'ai pu me défendre contre leur enchantement. J'ai failli croire que cette *Sapho* était un chef-d'œuvre !... Le rideau tombé, je me réveille, je me ressaisis. Je reconnais les divers éléments qui composèrent mon plaisir et mon illusion. Je vois, hélas ! les trucs, les ficelles, les artifices. *Sapho* un chef-d'œuvre ?... Dites une série de tableaux vivants accompagnés de commentaires poétiques et musicaux !... M. Clairmont n'a rien ajouté à l'Art, rien révélé, sauf une virtuosité incomparable et, je le répète, un sens extraordinaire de la puissance des gestes, des formes, des mots. »

« Jalousie ! » pensai-je, ébranlée malgré moi dans ma confiance, et ne voulant point approfondir mon jugement.

Les yeux clos, la tête renversée sur l'oreiller, je revécus la soirée triomphale. Et le souvenir du baiser de la veille acheva de dissoudre le malaise, le remords, qui avaient causé mes larmes de la nuit. Je me persuadai qu'Antoine, n'éprouvant qu'une passion intellectuelle, se guérirait aisément. Le travail, l'action, le combat pour ses idées le consoleraient bientôt...

XXIII

Je me souviens comme d'un rêve de ces premiers temps de nos fiançailles.

Une révolution s'était faite dans ma vie. L'ancien cadre subsistait encore, mais l'amour y projetait une lumière nouvelle, et des personnages nouveaux s'y agitaient.

Avec une fierté maternelle, madame Marboy m'avait présentée à madame de Nébriant. La baronne m'ouvrit ses bras. Je devinai en elle une bonne personne, si parfaitement convaincue de sa supériorité qu'elle imposait parfois sa conviction. Elle avait des restes de beauté, de la verve, de la grâce, et cette singulière aptitude d'attachement et de détachement qui multiplie les amitiés et adoucit les ruptures. Son existence était celle d'une comédienne qui, par un miracle d'auto-suggestion, ne connaîtrait d'autre réalité que la réalité momentanée de chaque rôle.

Le mariage de Maurice lui offrait, justement, l'occasion d'un nouveau rôle. La baronne me considéra comme son bien propre. Quelques jours après les fiançailles, elle vint chez moi, elle inspecta la maison, le jardin, le mobilier, avec une petite moue.

— Vous n'allez pas garder ces vieilleries, mon enfant ?

— Excusez-moi de les aimer, madame. Elles me rappellent de chers souvenirs.

Madame de Nébriant était de ces gens qui ne veulent pas se souvenir, par principe.

— Eh bien, dit-elle, vous enverrez tout cela dans votre château !

— La Châtaigneraie n'est pas un château. C'est une modeste maison de campagne.

— Je m'occupe de vous trouver un hôtel à Passy, dit la baronne sans paraître avoir entendu cette réflexion ; Maurice désire vous installer dans un joli *home*, décoré et meublé au goût du jour... Je pourrai vous donner ma femme de chambre, si vous n'avez personne en vue. C'est une Anglaise ; elle coiffe dans la perfection... Maintenant, ma petite Hellé, il faudrait fixer la date du mariage.

— C'est que... mon deuil est bien récent.

— Un deuil d'oncle n'est pas un deuil de père, soit dit sans froisser vos sentiments que je respecte fort. Vous vous mariez sans fracas dans l'intimité. Rien qu'un dîner chez moi, le soir du contrat, et un lunch après la cérémonie. Nous n'aurons que des amis, une centaine de personnes.

— Dans l'intimité !

— Eh ! mon enfant, tout est relatif. Ne vous imaginez pas que votre vie de jeune femme puisse ressembler à votre vie de jeune fille. Vous devez vous montrer dans le monde, recevoir, ne point paraître cloîtrer votre grand homme. Il faut songer aux intérêts de votre mari... Je vous emmène, allons.

Ce dialogue, qui se renouvelait à chaque visite de la baronne, ne tarda pas à me devenir fastidieux. L'extrême simplicité de mes habitudes me donnait peu de besoins, et l'obligation d'une vie affairée, compliquée de mille soucis frivoles, m'effrayait et m'agaçait quelquefois. Mon oncle m'avait appris la nécessité de la vie intérieure, où se fortifient, en se concentrant, toutes nos puissances de pensées et d'amour. Il m'eût été doux de continuer cette vie, que le bonheur nouveau faisait plus intime encore et plus exquise. Mais il semblait toujours que le temps nous manquât. Maurice avait mille choses à me raconter qui ne nous concernaient ni l'un ni l'autre, mille démarches à faire qui n'intéressaient point notre amour. Les représentations de *Sapho*, les préparatifs de notre future installation, les multiples devoirs d'un homme à la mode absorbaient sa vie. Il attachait une grande importance à des choses que je jugeais secondaires et dont il me montrait l'utilité.

« Quand nous serons mariés, me disais-je, je ferai sentir à Maurice qu'il faut réagir contre cette invasion des étrangers dans notre existence. Madame de Nébriant compte diriger notre vie ; elle se trompe étrangement, je ne tiens guère à ces fêtes d'orgueil qu'elle me fait entrevoir, et je crains même que Maurice ne se livre trop aisément aux importuns. L'homme que j'aime en lui, c'est le poète, ce n'est pas l'élégant Parisien, le héros du jour... »

J'aurais bien voulu expliquer cela à madame de Nébriant, mais elle était incapable de comprendre. Maurice, quand j'essayais une gronderie tendre, haussait les épaules et souriait.

— Pourquoi vous plaindre, disait-il, de ce qui ferait l'orgueil d'une autre femme ? Le ruban rouge, le persil académique ont peu de prestige à vos yeux. Mais croyez-vous que je sois prêt à verser des larmes heureuses sur le « signe de l'honneur », comme disent les instituteurs de province et les capitaines d'habillement ! Croyez-vous que je sois tourmenté de la folle envie de m'habiller en général malgache pour distribuer des prix de vertu, en séance solennelle ?

Je riais malgré moi :

— Vous raillez peut-être vos plus chers désirs... Oh ! certes, le ruban rouge et le persil académique, c'est démodé, c'est un peu ridicule... Cependant..

— Cependant, tout le monde est décoré, et presque tout le monde entre, ou manque d'entrer à l'Académie... Il faut bien faire comme tout le monde... Le ruban rouge, c'est le *bachot* de l'homme de lettres... Ça ne prouve rien, mais ça coûte si peu, et ça fait tant plaisir aux familles !

Il ajoutait d'un ton sérieux :

— Que vous importe tout cela, chère Hellé ! Aimez-moi comme je vous aime... Que je sois admiré, redouté, cherché, jalousé, — je n'en aurai que plus de joie à me sentir votre bien.

XXIV

Un après-midi, j'attendais madame de Nébriant et Maurice. Ils avaient découvert, à Auteuil, un petit hôtel qui leur plaisait beaucoup, et que je devais visiter avec eux.

Nous ne pouvions plus faire un pas maintenant, sans l'indispensable baronne, dont Maurice acceptait bénévolement l'intrusion dans tous nos projets. Depuis que nous étions fiancés, il s'apercevait que ma situation de jeune fille à peine majeure, vivant seule, sortant librement, recevant des célibataires — pauvres Lampérier et Grosjean ! — pouvait paraître singulière. Il n'osait sortir avec moi, de peur de me compromettre, et mesdames Marboy et de Nébriant, approuvant ses scrupules, se mettaient sans cesse entre nous. J'avais eu beau leur expliquer que je me moquais du préjugé français, que je ne dépendais que de moi-même et que j'avais l'âge de raison, elles s'efforçaient de me reconquérir à leurs idées, elles essayaient de combattre le fâcheux et choquant effet d'une éducation anormale. Leurs petites critiques, à travers moi, atteignaient mon oncle, et souvent j'étais prête à riposter en citant l'exemple des jeunes filles du monde, élevées selon les communs principes, et qui conciliaient les convenances avec des curiosités sournoises et des flirts à peine cachés. Ma vie était claire et franche comme mon âme, et je supportais mal l'injure de la surveillance qu'on m'imposait.

Depuis que j'avais été présentée à la marquise de X... et à la comtesse de Z..., il m'avait fallu bouleverser toutes mes habitudes. Mon humeur, mon amour même en souffraient. J'étais comme une plante de plein air transportée dans une atmosphère factice, dans un sol artificiel. Et j'avais envie de dire à Clairmont : « Ce n'est point ici ma place. Je vous épouse, mais je n'épouse pas ces gens qui semblent inséparables de vous. Nous perdons les plus beaux de nos jours à écouter des fadaises, à nous composer une attitude guindée devant des indifférents. Vivons à notre guise, laissons jaser ceux qui n'ont rien à faire de plus important, et soyons nous-mêmes, et non ce monsieur et cette demoiselle quelconques que nous sommes devenus. »

Je ne réussissais pas toujours à cacher mon impatience. Maurice s'en étonnait : il réclamait des explications ; l'entretien, gaiement commencé, finissait par une querelle. Nous nous quittions presque brouillés. La réconciliation ne tardait guère ; mais, chaque jour, je m'attristais de découvrir en Maurice une certaine faiblesse de caractère, des opinions flottantes, une répugnance à déclarer son sentiment et à prendre parti. S'il n'avait pas eu le charme inexprimable, l'esprit, la grâce câline, le prestige de sa jeune renommée et de son talent, n'aurais-je pas entrevu, déjà, l'abîme qui séparait nos âmes, l'abîme où notre amour pourrait sombrer ?

Maurice m'avait annoncé qu'il précéderait madame de Nébriant. Il arriva de bonne heure rue Palatine et me fit une longue description de l'hôtel que nous devions visiter.

— Je suis certain que votre futur logis vous plaira, me dit-il. Imaginez un bijou de pierre blanche et de brique rose, dans un bouquet de verdure. Deux étages seulement. En bas, le grand et le petit salon, la salle à manger ouvrant sur la serre en rotonde. Au premier, les chambres, le billard, mon cabinet de travail. Plus haut, un certain nombre de petites pièces dont vous déterminerez la destination... La semaine prochaine, nous commencerons à nous occuper du mobilier.

— Vous me permettrez de garder quelques-uns de ces meubles que votre cousine appelle des vieilleries ?

— Quelques-uns, oui. Ce secrétaire, par exemple, et le salon Empire dont on renouvellera les étoffes. L'Empire est fort à la mode, aujourd'hui. Vous enverrez le reste à la campagne...

— Mais la bibliothèque...

— La bibliothèque aussi. Elle est composée d'ouvrage trop spéciaux. Ce serait un encombrement... Que cherchez-vous ?

— Je regarde ces choses aimées, familières, qui contiennent un peu de ma vie. Pourquoi ne voulez-vous pas garder ce pavillon ? Nous y serions très bien.

— Êtes-vous assez bizarre, Hellé ! Vous avez des goûts de janséniste... Pourquoi ne pas me proposer un logement comme celui de Genesvrier, dans une maison de petits rentiers et d'employés, dans un quartier mort ?

— Le logis d'Antoine Genesvrier n'a

rien de déplaisant, et je m'en contenterais si vous y deviez faire des chefs-d'œuvre.

Il songea un instant.

— Vous êtes allée souvent chez Antoine Genesvrier ?

— Mais oui.

— Avant la mort de votre oncle ?

— Avant et après.

— Seule, alors ?

— Oui, seule. Quel mal y voyez-vous ?

— Aucun mal, répondit-il avec sincérité. Mais dites, Hellé, pourquoi Genesvrier ne vient-il plus ici depuis nos fiançailles ?

— Il craint d'être importun... Et puis il est très occupé. Il va organiser des conférences populaires.

— Pour répandre ses utopies ! Si ses conférences ressemblent à ses articles, elles auront un succès d'ennui.

— Vous êtes sévère !

— Oh ! je connais votre sympathie pour Genesvrier.

— Je ne la cache point.

— Quand nous serons mariés, Hellé, et que vous aurez vu le monde et acquis plus d'expérience, vous sentirez la vanité de ces beaux rêves et le ridicule de ces grands mots.

— Je ne crois pas.

— Est-ce que... mais vous ne me répondrez point franchement.

— Je ne mens jamais.

— Eh bien... est-ce que Genesvrier n'a pas été... n'est pas encore amoureux de vous ?

Je rougis.

— Ah ! vous êtes déconcertée, Hellé !

— Je ne vous comprends pas, répondis-je en relevant la tête. Je n'ai rien à me reprocher. Il est vrai que monsieur Genesvrier avait songé à moi... Oui, il m'avait exprimé ses sentiments de respectueuse tendresse. Mais je ne m'étais pas engagée à lui. Vous êtes entré dans ma vie... Antoine a compris que j'étais attirée vers vous, et il s'est retiré spontanément. Mon amitié pour lui demeure intacte. Comme vous êtes sombre, Maurice ! Il n'y a, dans cette confidence, rien qui puisse vous offenser.

— Elle vient trop tard.

— Maurice, dis-je avec douceur, la jalousie que vous laissez percer est tout à fait puérile, indigne de vous et de moi. Si je n'ai pas parlé plus tôt, c'est que cet aveu me paraissait inutile. Je croyais avoir votre confiance comme vous avez la mienne. Vous ai-je demandé compte de vos actions passées, de vos anciennes amours ? Il y a un nom de femme sur la première page de vos poèmes. Je ne vous en ai point parlé par un sentiment de délicatesse discrète.

— Ce n'est pas la même chose.

— C'est pire. Cette... Madeleine était votre maîtresse, tandis que Genesvrier n'était pour moi qu'un ami.

— Une maîtresse compte peu ou pas dans la vie d'un homme ; la moindre imprudence compromet une jeune fille. Vous receviez Genesvrier, vous alliez chez lui, seule.

— Maurice, vous saviez que j'étais libre et indifférente aux préjugés. Vous m'avez aimée et choisie en connaissance de cause. Si vous êtes à ce point respectueux des conventions, il fallait chercher une fiancée dans votre monde, une ingénue moderne, habile au flirt qui ne compromet point.

Il ne répondit pas. Babette entrait.

— Mademoiselle... Marie est là, avec son bébé. Pouvez-vous la recevoir ?

— Certainement.

Marie Lamirault, toute vêtue de noir, montra son fin visage qu'un sourire timide éclairait.

Elle portait le petit Pierre, brun comme elle, frais et fort.

J'embrassai l'enfant, que je n'avais pas vu depuis plusieurs semaines. Marie m'annonça qu'elle avait achevé les broderies que je lui avais commandées pour mon trousseau. J'ouvris le secrétaire et j'y pris quelques pièces d'or que je lui remis.

— Je prierai mademoiselle de penser à moi, reprit-elle après m'avoir remerciée. Mademoiselle devait parler à une dame... C'est que l'ouvrage ne va pas fort en ce moment.

— Comptez sur moi, ma bonne Marie... J'ai encore du travail à vous donner.

Elle me tendit un petit paquet enveloppé de papier gris.

— Je suis allée chez monsieur Genesvrier ce matin. Il m'a prié de porter ce livre à mademoiselle.

— Est-ce qu'il y a une réponse ?

— Je ne sais pas.

Sous l'œil inquiet de Maurice, je déchirai le papier gris. Il contenait un livre, le *Pauvre*, tout fraîchement imprimé.

— Dites à monsieur Genesvrier que je le remercie et que je lui écrirai.

Maurice tapotait la table, du bout de ses doigts nerveux.

— Qu'est-ce que cette femme ? dit-il quand Marie fut partie.

— C'est une excellente ouvrière que je fais travailler... Je vous ai parlé d'elle...

— Je ne me souviens pas.

— Marie Lamirault.

— Cette fille qui est toujours fourrée chez votre ami Genesvrier ?

— Cette fille, elle-même, dis-je, blessée du ton agressif de Clairmont. Elle est très courageuse et très estimable.

— Elle a un enfant naturel.

— Oui.

— Étrange compagnie pour vous, une jeune fille.

— Maurice, dis-je avec fermeté, vous êtes acerbe et malveillant. Je vous prie de m'épargner des réflexions qui m'affligent.

Il se mit à feuilleter le volume que j'avais laissé à la portée de sa main ; puis, d'un air dégoûté et dédaigneux, il le referma. La voix aiguë de madame de Nébriant résonnait dans l'antichambre...

ELLE PORTAIT LE PETIT PIERRE...

L'hôtel d'Auteuil était charmant, en effet, et le babillage de la baronne, la discussion des divers modes d'aménagement dissipèrent les nuages accumulés sur le front de mon fiancé. C'était une claire journée de février, et nos yeux s'enchantaient de l'azur pâle du ciel, du glauque azur du fleuve aperçu derrière les jardins et les villas qui bordent l'avenue de Versailles. Dans cette lumière à peine vibrante, les lointains apparaissent plus nets, le gris violacé des coteaux de Meudon semblait tout proche, et l'arcade blanche du viaduc, les coques mobiles des bateaux, les vêtements bleus et les ceintures rouges des ouvriers qui travaillaient sur l'autre berge, près des petits peupliers grêles, formaient mille taches colorées, amusantes, qui distrayaient le regard. Maurice y trouva l'occasion d'une tirade sur ce qu'il appelait « le pittoresque industriel ». Mais je souriais péniblement ; j'avais un poids sur le cœur.

Nous revînmes tout droit chez la baronne, et jusqu'au dîner, elle m'assourdit de ses propos. Une dizaine de personnes arrivèrent avant huit heures, et durant tout le repas, puis toute la soirée, on parla modes, sports, scandales, menus potins du Tout-Paris.

J'écoutais, je regardais. Que faisais-je parmi ces gens qui n'avaient avec moi aucune idée, aucune sympathie commune ? Maurice, élevé parmi eux, pareil à eux sous certains rapports, pouvait ne pas sentir, comme moi, leur médiocrité brillante. Ah ! le jardin de la Châtaigneraie, les calmes soirs de la rue Palatine, la bibliothèque paisible, les heures de causerie et de lecture avec Antoine... C'était le passé, tout cela. J'étais vouée à la vie des salons, prise dans l'engrenage imprévu où Maurice m'avait jetée, dont il ne me sauverait pas. Et pour la première fois la terreur d'un malentendu entra dans mon âme.

J'observai mon fiancé. Malgré ses qualités aimables, qu'il était différent du Clairmont que j'avais entrevu naguère, et qui n'existait sans doute que dans mon imagination ! Il m'avait séduite par une attitude héroïque qui était une attitude seulement. C'était un bon garçon, un peu snob et très habile, que toutes les femmes adoraient... Il m'aimait, je l'aimais. Que demandais-je de plus? Avais-je le droit de me montrer si difficile?

Je rentrai chez moi plus triste encore. Avant de m'endormir, j'écrivis ce billet :

« J'ai reçu votre livre, mon cher Antoine. Je ne veux pas le lire tout de suite, car tout loisir me manque, et je tiens à lire le *Pauvre* attentivement, pieusement. Je vous écrirai ensuite.

» Il y a presque deux mois que je ne vous ai vu. Pourquoi ? Mon amitié pour vous reste la même. Croyez-vous donc que l'amour et le mariage feront une ingrate de votre

» HELLÉ ? »

XXV

Antoine répondit aussitôt :

« Je ne vous oublie point, chère petite amie, et bien souvent j'ai souhaité vous voir. Mille impérieuses raisons me retiennent loin de vous pour le moment. N'attendez pas que je vous les expose : vous les devinerez en réfléchissant un peu.

» Je suis très occupé et par ma *Revue* et par les conférences dont je vous ai parlé. Un groupe de jeunes gens, écrivains, artistes, s'est pris d'un bel enthousiasme pour mon projet et s'offre à me seconder généreusement. J'espère que nous aurons plusieurs salles de mairies à notre disposition. Notre public sera tout populaire, et notre programme, très beau, très simple, aura, je crois, grand succès. Il s'agit de faire des lectures, de réciter des vers, de jouer et de chanter des fragments d'opéras et de symphonies célèbres, en les accompagnant d'un commentaire bref, clair et intéressant. Cela peut contribuer à la future éducation esthétique du peuple, trop négligée aujourd'hui. Votre oncle, assurément, eût encouragé notre initiative.

» Je suppose que l'époque de votre mariage approche. Marie m'a dit que vous alliez beaucoup dans le monde et que vos devoirs de fiancée vous laissent peu de loisirs. Pourtant, n'oubliez pas, dans votre vie nouvelle, les autres devoirs que vous remplissiez si bien. Restez généreuse et compatissante, avec ces belles facultés d'enthousiasme et d'indignation que le *cant* mondain réprouve, et qu'il tentera de détruire en vous. Je sais que votre influence sera excellente sur Clairmont : vous le rendrez meilleur et plus grand.

» Je vous parle sans amertume, Hellé. Si j'ai souffert par vous, j'ai tâché que ma peine me fût bonne et ne déposât point dans mon cœur l'ignoble lie d'un injuste ressentiment. Je garde l'espoir de ne pas vous avoir été inutile en vous révélant des aspects de la vie que vous eussiez toujours ignorés. Si vous demeurez digne de vous-même, je ne me plaindrai pas.

» Nous nous reverrons, plus tard, quand le temps aura achevé son œuvre — non de destruction, mais d'apaisement. Adieu, Hellé, soyez heureuse, soyez aimée, comme vous méritez de l'être, et pensez quelquefois à votre fidèle

» ANTOINE GENESVRIER. »

La lettre d'Antoine tremblait dans ma main...

« Il a souffert par moi, me disais-je, et il l'avoue sans aigreur. Sa grande âme ne connait point la rancune ni la jalousie, et l'unique souci qui le tourmente est ce qui hanta mon oncle au lit de mort. Tous deux, qui m'ont tant aimée, formèrent en me quittant le même vœu : Reste toi-même, garde haut ton cœur, Hellé !

» Je comprends maintenant la sympathie qui les rapprocha, eux, si différents. Ils plaçaient au-dessus de tout la beauté, non la beauté plastique, non pas même la beauté artistique, mais la beauté morale, le juste, le bien. Tous deux également tentèrent d'incarner leur rêve en moi. Mon oncle, dans l'exaltation de sa tendresse, me vouait à l'amour d'un héros, « celui qui a su vivre une vie » supérieure et créer en soi-même un » demi-dieu... » Hélas ! il n'y a plus de héros, et je n'ai pu aimer qu'un homme. C'est peut-être parce qu'une éducation exceptionnelle a préparé mon cœur pour une passion dont l'objet n'existe pas que je méconnais les bienfaits de la vie. Le fruit délicieux de l'amour, à peine goûté, me laisse aux lèvres un goût de cendre.

» Pourquoi ne suis-je point pareille aux jeunes filles de mon âge et de mon temps? Ce qui fait leur orgueil a peu de prix pour moi, et j'ai des exigences, des ambitions qu'elles trouveraient inouïes. J'étouffe dans l'air qui suffit à leurs délicats poumons. En pleine fête d'amour, j'ai le vertige du vide. J'avais cru que l'amour contenait l'infini, qu'il mettait en action toutes les énergies de l'âme. Mon âme est inerte et glacée. Suis-je donc incapable d'aimer? J'ai un cœur, pourtant. J'ai compati, j'ai pleuré devant la douleur des autres. Je me suis émue en pressant le petit enfant de Marie dans mes bras. Je ne suis pas une froide statue. »

Des larmes mouillaient mes cils. Vainement j'évoquais le souvenir de Maurice, perpétué autour de moi par les corbeilles où, chaque matin, s'épanouissaient de nouvelles fleurs. Vainement je voulais revivre la minute du premier baiser, le chœur des acclamations saluant nos fiançailles dans l'ombre de la petite loge. Que Maurice, alors, me semblait grand ! Mais un maléfice paraissait le diminuer chaque jour, le ravalant au niveau banal des autres hommes. Et j'avais l'atroce sensation de l'erreur, de l'isolement. Je me sentais seule au monde.

« Je vaincrai cette ridicule nervosité ! pensai-je en essuyant mes yeux. Il y a deux jours que je n'ai vu madame Marboy. Je vais aller chez elle. La marche et la conversation changeront mon humeur. »

Ma vieille amie, un peu souffrante, venait de se mettre au lit, elle me reçut dans sa chambre qu'emplissait une odeur d'éther. Je m'assis à son chevet, et j'essayai de causer de choses indifférentes. Ma mélancolie se trahissait malgré moi.

— Madame de Nébriant sort d'ici, me dit madame Marboy. Elle était venue pour m'inviter au grand dîner qu'elle donnera, la semaine prochaine, en votre honneur. Mais je n'y pourrai assister, ma petite Hellé. Le docteur m'interdit formellement les veilles.

— Quel dommage ! Je serai seule.

— Seule, avec Maurice et madame de Nébriant, sans compter les convives?

Je ne répondis pas.

— Approchez votre joli visage... Mais qu'y a-t-il? Vous avez pleuré, Hellé?

Elle sourit.

— Une querelle d'amoureux, une pluie de printemps. Je m'en doute.

— Vous avez vu Maurice?

— Ce matin.

— Il s'est plaint de moi ?

— Mais non, mais non, il ne s'est pas plaint de vous. Il a seulement exprimé son chagrin de vous voir nerveuse et susceptible, vous dont le caractère égal nous enchantait.

— Il m'a affligée.

— Comment?

Je ne voulais pas parler d'Antoine. Je racontai seulement notre discussion à propos de Marie Lamirault.

— Je suppose que vous m'approuvez?

Elle hésita et répondit enfin :

— Je vous comprends, mais je comprends aussi Maurice. Il n'a pu voir dans votre intimité, sans répugnance, une personne dont vous excusez trop aisément la vie irrégulière et la maternité illégitime.

— Marie Lamirault est une honnête femme, et monsieur Genesvrier...

— Antoine a eu grand tort d'introduire cette fille chez vous. Mademoiselle de Riveyrac peut secourir Marie Lamirault : elle ne doit point la recevoir. Vous méprisez l'opinion ; vous raillez les convenances mondaines ; et vous oubliez que vous n'êtes plus libre ! Vous avez mené, jusqu'à présent, une existence anormale et tout exceptionnelle. N'espérez pas continuer cette existence en y associant votre fiancé. S'il vous faut sacrifier des habitudes, des préférences, des affections même que Maurice ne saurait approuver, n'hésitez pas, ma petite amie : sacrifiez le passé à l'avenir.

— Maurice me connaissait. Il devait prévoir...

— Eh ! ma fille, vous connaissait-il tant que cela, et le connaissiez-vous vous-même? Votre cas, que j'ai observé, est

MA VIEILLE AMIE ..

identique à celui de tous les fiancés. On s'éprend, on s'engage, on s'épouse, et c'est après le mariage que les âmes s'éclairent, s'expliquent et que naît le véritable amour.

— Alors, vous pensez que notre affection n'est pas l'*amour* ?

— C'est la promesse de l'amour, ma chérie.

— Et si nous nous apercevons, après, que nous avons commis une irréparable erreur?

— Il n'y a pas, entre honnêtes gens, d'erreurs irréparables. Quelques petits sacrifices réciproques, la bonne nature et l'habitude arrangent tout. Mais je vous en prie, Hellé, au nom de votre bonheur futur, défaites-vous de ces idées qui, amusantes, excusables chez la jeune fille, seraient intolérables chez la jeune femme. On vous a élevée comme un garçon très intelligent, dans une liberté qui convient au caractère viril et ne s'allie pas avec la réserve et la soumission féminines. Vous êtes capable de profondes affections, mais vous n'êtes pas sentimentale. Votre oncle s'en faisait gloire. Maurice en souffrira.

— Ce qui prouve que nous ne sommes pas faits l'un pour l'autre !

— Mais si. Seulement, Hellé, vous êtes trop chimérique. Antoine Genesvrier a eu une mauvaise influence sur vous.

— Vous aussi, vous le blâmez?

— J'estime ses qualités, mais je trouve qu'il est un étrange directeur moral pour une jeune fille. Il vous souffle son mépris des usages, son esprit de révolte, son indomptable orgueil. J'ai été charmée que Maurice vous épousât : c'est le salut pour vous.

— En vérité, chère madame, je ne vous comprends pas.

— Hellé, j'ose vous parler franchement, parce que je vous aime. Eh bien, croyez-moi, vous êtes mal préparée à la vie conjugale. L'existence de la femme est toute de douceur, de sacrifice, de soumission. Plierez-vous votre fierté à ces abaissements? Saurez-vous effacer votre personnalité dans l'amour?

— Mais à quoi bon? m'écriai-je. Et quel étrange idéal d'amour propose-t-on à la femme? Pourquoi doit-elle plutôt que l'homme se briser, se sacrifier? Pourquoi effacerai-je ma personnalité dans l'amour? Celui qui méconnaîtrait la justice au point de m'imposer un suicide intellectuel serait un tyran ou un imbécile : en aucun cas, je ne saurais l'aimer. Je ne veux ni me sacrifier, ni sacrifier mon mari. Nous devons nous efforcer de réaliser ensemble une vie harmonieuse en nous respectant, en nous aidant, en nous complétant. Je hais l'effroyable égoïsme qui se cache sous la galanterie hyperbolique de certains hommes, et je plains les femmes qui le subissent par vanité ou par lâcheté.

— Ah ! vous êtes bien la femme des temps nouveaux ! Vous parlez comme parlait Antoine.

— Je mets au-dessus de tout l'héroïsme volontaire, mais le sacrifice s'ennoblit par son but. Je risquerais ma santé, ma beauté, ma vie pour sauver d'un danger l'homme que j'aime. Mais sans autre nécessité que celle de ménager le monde et de flatter les préjugés de mon mari, j'irais mentir à mes croyances, approuver l'injuste et le médiocre?... Non, cela n'est pas mon devoir.

— Vous êtes une révoltée, ma pauvre fille. La vie vous pliera et vous brisera.

— Maurice vous a fait des confidences? Il est inquiet, il est déçu... Je vous en supplie, dites-moi la vérité !

— Maurice pense absolument comme moi.

— Eh bien, je m'en expliquerai avec lui. Il le faut.

XXVI

C'était un des fameux dîners *unicolores*, mis à la mode par madame de Nébriant. Il y avait eu le dîner bleu, pour les poètes; le dîner vert, pour les peintres; le dîner mauve, pour les musiciens. Le dîner auquel j'étais conviée, et qui devait remplacer la fête des fiançailles, était rose en mon honneur.

Mon deuil, et plus encore mon désir nettement exprimé, avaient obligé la baronne à restreindre le nombre de ses convives : douze couverts seulement dans la salle à manger que nous admirions du salon, par la grande baie vitrée à petits carreaux Louis XVI, en attendant le Ministre, M. Rébussat. Décorée, cette salle, et meublée à la mode anglaise, avec une profusion de boiseries blanches, de glaces, de grès flammés et verreries au ton d'onyx. La nappe ouvrée de point de Venise était posée sur une nappe de soie rose, comme la cire des bougies, la mousseline des petits abat-jour, les gros nœuds de moire dressés parmi les orchidées du surtout. La lumière électrique, aux quatre angles du plafond, se tamisait suavement à travers le crêpe de grands pavots pâles. Et ces roses impondérables, mats et chatoyants, des soies, des fleurs, de l'atmosphère même, colorée par le jeu des clartés, cette symphonie qui allait du pourpre tendre au rose à peine nuancé des chairs de blonde, n'offusquait le regard par aucune note discordante. Madame de Nébriant avait su éviter le danger du mauvais goût qui menace ces fantaisies. Vêtue d'une simarre de velours blanc, elle recevait les félicitations avec un plaisir visible.

— Direz-vous encore que vous êtes indifférente au luxe, Hellé? demanda Maurice, un peu ironiquement. Avouez que cette fête des yeux vous a séduite. Où sont les meubles de sapin et les murs blanchis à la chaux que vous célébriez sur un mode lyrique, l'autre jour?

— J'admire le luxe quand il devient un art, mais je puis m'en passer. Les roses de quatre sous valent les orchidées de cinq francs. Je vous assure que la vieille bibliothèque de la Châtaigneraie, avec ses hautes fenêtres, ses meubles lourds et luisants, était tout aussi belle à voir que l'appartement de votre cousine.

Madame de Nébriant, traînant les flots de velours, se hâtait vers M. Rébussat : je vis un petit homme à figure de méridional, brune, maigre, spirituelle. Il serra la main de Maurice en lui adressant quelques mots flatteurs sur le succès de son drame et la grâce de sa fiancée. Le vieux sénateur Legrain accapara le ministre. Le directeur d'un grand journal politique les rejoignit. Je dus me mêler au groupe des femmes ; la jaune madame Legrain, en satin noir ; la comtesse de Jonchères, rousse aux épaules célèbres, émergeant d'une robe Empire en satin blanc ; madame Salmson, une Danoise, frêle comme Ophélia, belle de son teint de neige et de ses yeux pâles où Maurice disait entrevoir l'infini d'un ciel polaire ; mademoiselle Frémant, une femme de lettres, très laide, très intelligente, pétrie de fiel et de vinaigre, recherchée et redoutée de tous. Deux *clubmen* admirablement coiffés, chemisés, habillés, chaussés, discutaient avec elle des problèmes de sentiment.

Je n'étais pas sympathique à ces dames, sauf à mademoiselle Frémant, que j'intéressais. On me trouvait trop orgueilleuse dans mon silence, trop hardie dans les opinions que j'exprimais, pas assez jeune fille, insoucieuse de plaire. Il y avait dans cette malveillance très dissimulée un peu de rancune jalouse, car toutes les amies de la baronne avaient nourri l'espoir de charmer Clairmont et de le fixer. Madame Legrain lui destinait sa fille ; madame de Jonchères se destinait à lui ; madame Salmson était prête à devenir sa muse mystique. Seule, mademoiselle Frémant échappait à la séduction. Elle détestait Maurice comme elle détestait tous les hommes et le criblait de flèches fines, qu'il recevait sans oser se fâcher.

A table, je me trouvai entre Maurice et l'un des *clubmen*, en face de la baronne, que le ministre et le sénateur encadraient. Maurice, attentif aux moindres paroles de Rébussat, ne me parlait guère, et ma réserve obstinée glaça bientôt l'insipide bavardage de mon voisin de droite.

M. RÉBUSSAT.

Ce très joli garçon aux cheveux séparés par une raie sur la nuque et collés en plaques luisantes exhibait un plastron à petits plis, un gilet de coupe inédite. Tant de séductions lui conciliaient ordinairement les suffrages des femmes, qui le sentaient pareil à elles par les sentiments et les goûts. Surpris de mon indifférence, que l'amour et la modestie pouvaient expliquer, il se consacra à l'opulente comtesse de Jonchères, dont la gorge, servie comme un dessert, alléchait son regard à quelques centimètres. Délivrée de lui, je pus regarder, écouter à loisir.

M. Rébussat m'intéressait ; Antoine m'avait parlé de lui, naguère, comme d'un souple intrigant, habile à conquérir les hommes en entrant dans leurs intérêts, les femmes en flattant leur vanité de mondaines. Il refusait rarement une invitation chez madame de Nébriant et ses pareilles, spéculant sur les corvées qu'il s'imposait et se faisant une réputation d'homme aimable, délicat, disert, digne de présider une république athénienne. Ses bonnes fortunes étaient célèbres ; bien qu'il ne les avouât jamais, il ne faisait rien non plus pour les démentir. Madame de Nébriant l'adorait, et ce culte prenait les apparences d'un prosélytisme politique. Rébussat avait éprouvé la puissance des salons, ayant fait sa carrière chez les belles madames aux bas d'azur. D'ailleurs intelligent, sceptique, capable d'opérer, avec un brio de gymnaste, les lâchages et les revirements qui l'avaient rendu odieux à Genesvrier.

Si l'homme ne pouvait m'être sympathique, je reconnaissais en lui d'agréables qualités de causeur, une faconde méridionale que vingt ans de Paris avaient disciplinée. Qu'il parlât politique ou littérature, Rébussat savait être clair et amusant, et c'était un vrai plaisir de l'entendre causer avec Maurice. Extasiée, madame de Nébriant avait presque imposé silence à ses convives, auditeurs respectueux.

Quand nous fûmes rentrés au salon, la baronne vint à moi, triomphante :

— Eh bien, ma chère, qu'en dites-vous? Le ministre est-il assez charmant?... Et bienveillant ! Vous savez qu'il a promis à Maurice de le décorer, mais chut ! c'est encore un secret... Monsieur Rébussat est tout-puissant à la Comédie. Il fera avoir à Maurice un tour de faveur.

— A moins que d'ici là le ministère ne soit renversé.

— Oh ! ce serait épouvantable ! dit la baronne consternée. Mais monsieur Rébussat gardera son influence, quoi qu'il arrive. Si Maurice est un peu habile, il pourra s'en faire un ami.

Je jugeai inutile d'expliquer à madame de Nébriant pourquoi je ne tenais guère à l'amitié de M. Rébussat. Les femmes jasaient et médisaient entre elles. Par la porte du fumoir, des rires, des éclats de voix venaient jusqu'à nous.

Mademoiselle Frémant se rapprocha de moi. Je m'étais assise sur un petit divan de satin jaune qu'abritaient de hauts palmiers. La « vieille fille de lettres », comme l'appelait Maurice, prit place à mon côté.

— Vous êtes mélancolique, mademoiselle. Je crois que monsieur Clairmont vous délaisse un peu ce soir. Il faut l'excuser : monsieur Rébussat est pour vous un noble rival.

Je prétextai une légère migraine, sentant bien que je n'étais pas au diapason de mes voisins. Mademoiselle Frémant me conseilla l'antipyrine comme un sûr remède à mon mal, puis elle s'acharna sur Maurice, discrètement.

— Vous avez accepté une belle, mais difficile tâche, et je vous en loue, mademoiselle. Domestiquer un papillon ! Il faut avoir des doigts prudents et délicats pour accomplir ce miracle. Enfin, vous avez bien des atouts dans votre jeu : la beauté, l'esprit, la fortune. Il ne fallait rien moins que cela pour fixer ce charmant étourdi de Clairmont... Tout Paris va défiler chez vous. Il a l'invitation facile, notre poète, et l'admiration aussi. Voyez, il boit les paroles du ministre. J'aime cette candeur chez les hommes de talent. Ils magnifient tout ce qui les entoure. « Effet de mirage », comme disait feu Tartarin. Monsieur Clairmont voit un Mécène en Rébussat, comme il a vu des brigands héroïques dans une vingtaine de Macédoniens vermineux et pelés qui ont fait mine de l'arrêter sur une route et ont baisé ses bottes pour quelques pièces d'or.

Je savais bien que l'aventure de Maurice, en Macédoine, se réduisait à un incident de voyage plutôt comique et digne de réjouir About. Mais je n'aimais pas les railleries de mademoiselle Frémant, sa manière de plaisanter rendant la riposte plus délicate.

J'allais changer de place quand je vis Maurice et Rébussat s'approcher. Le visage coloré, l'œil brillant, le ministre semblait charmé par l'admiration attendrie des femmes. Maurice même était repoussé au second plan, malgré sa supériorité d'artiste, ou plutôt il s'y reculait volontairement, par une manœuvre calculée... L'espoir d'être joué sur le premier théâtre de Paris le rendait presque obséquieux devant Rébussat.

Cette attitude, méchamment observée par mademoiselle Frémant, m'irrita. Mais le ministre s'avançait vers moi, et le divan que j'occupais devenait le point de mire de tous les regards.

M. Rébussat, ayant appris que j'étais la nièce de Sylvain de Riveyrac, m'interrogea gracieusement sur mon oncle, un homme de goût, disait-il, digne d'élever la compagne d'un grand poète. Je répondais avec une réserve polie, admirant l'art que mettait cet homme à me conquérir en me parlant chaleureusement de celui que j'avais tant aimé et qu'il ne connaissait point. Je m'expliquais ses triomphes, sa rapide fortune.

Maurice était ravi. Il voulut me faire briller et raconta comment j'avais collaboré à son drame en lui inspirant l'idéale figure de Mélissa. La conversation dévia peu à peu sur la vie littéraire, les livres nouveaux. Rébussat donnait son avis, et chacun répondait, contant une anecdote, cherchant un mot flatteur ou mordant, sans heurter l'opinion du ministre, écouté comme un oracle.

On cita des noms qui évoquaient pour tous les auditeurs des physionomies familières et des gloires parisiennes que j'ignorais. Puis on parla des excentriques de la littérature, — les néo-mystiques, les sataniques, les anarchistes, les fous, — et soudain j'entendis prononcer le nom d'Antoine Genesvrier.

C'était Marie Frémant qui parlait. Connaissait-elle la rancune que le ministre gardait à l'écrivain et se préparait-elle un malin plaisir en faisant enrager le grand homme de madame de Nébriant et madame de Nébriant elle-même? Sa petite tête, qui affectait la forme triangulaire d'une tête de reptile, sous des bandeaux plats d'institutrice, exprimait une admirable candeur.

— Qui a lu le *Pauvre*, d'Antoine Genesvrier? Le *Pauvre*, une œuvre d'amour et de colère, le plus beau livre de l'année.

Madame de Nébriant déclara quelle avait vaguement entendu parler de ce livre, mais qu'elle n'aimait pas les romans à thèse.

— Vous, une fervente d'Ibsen?

— Ce n'est pas la même chose ! fit la baronne avec embarras.

— Ibsen est un philosophe, un génie nébuleux et puissant, dit Rébussat, dont le teint mat s'était soudain coloré. Genesvrier, qui se croit un penseur et un écrivain, est tout simplement un de ces individus qui se jettent comme des bouledogues aux trousses des gens qui ont du talent, de la fortune ou de la chance.

— Vraiment? s'éria mademoiselle Frémant, toujours candide. Vous m'affligez. Ce Genesvrier m'avait plu... Mais chère baronne, ne m'avez-vous pas, autrefois, conté son histoire? Il appartenait à une honnête famille, et il avait quelques liens de parenté avec cette aimable vieille, madame Marboy, qui devait venir ce soir?

— Des liens très vagues... Oh ! c'est un simple fou. Madame Marboy ne le voit guère... Elle est souffrante, cette pauvre femme, et ne peut quitter la chambre. J'espère que nous la reverrons bientôt.

Madame de Nébriant essayait de détourner la conversation, craignant une apologie malencontreuse. Je regardai Maurice. Ses yeux, obstinément, fuyaient mes yeux. Il se taisait.

Mais mademoiselle Frémant était tenace.

— Un fou, Genesvrier ?

— Et un fou dangereux ! reprit le ministre. Un de ces hommes qui se salissent eux-mêmes avec la boue qu'ils ramassent... Oh ! Genesvrier n'est point sans talent. Il a l'instinct du style, le goût de l'épithète violente, une certaine grandiloquence qui peut faire illusion. Il compte quelques partisans parmi la jeunesse — cette étrange jeunesse d'aujourd'hui, si peu française, qui ne sait plus rire et s'abîme dans les théories absconses, enivrée de déclamations... Oui, Antoine Genesvrier a l'étoffe d'un bon pamphlétaire, bien qu'il imite un peu trop Jacques Laurent... Après tout, ses fureurs sont affaire de métier, et je ne lui reprocherais point de gagner consciencieusement l'argent que Laurent et les amis de Laurent prodiguent, si je ne suspectais sa bonne foi.

MAURICE TOURNA LA TÊTE...

Je me sentis pâlir. Encore une fois je regardai Maurice. Il se taisait.

— Comment ! s'écria mademoiselle Frémant, ce défenseur des opprimés, cet apôtre, ne serait point un honnête homme ?

— Heu !... fit Rébussat avec un fin sourire, il n'a ni tué ni volé...

— Mais il y a des gens tarés qui n'ont pas de casier judiciaire.

— C'est ce que je voulais dire.

Je murmurai malgré moi :

— Et que reproche-t-on à monsieur Genesvrier ?

Maurice tourna la tête et me regarda fixement avec des yeux qui m'imposaient le silence.

— Ce qu'on lui reproche, mademoiselle ? Oh ! mon Dieu ! pas grand'chose... Cela dépend des manières de voir... Beaucoup de gens ne feraient pas un crime à Genesvrier d'être un roublard, d'insulter ceux qui ne pensent pas comme lui ou comme son patron, d'affecter l'austérité d'un Robespierre et l'humanité d'un Saint-Just, et de préparer, par la plus patiente comédie, sa candidature aux prochaines élections.

— Mais ce n'est pas un politicien, c'est un écrivain, un philosophe...

— Dites plutôt un de ces ratés, jaloux, aigris, qui flagornent les ignorants et leur soufflent l'envie, la haine, toutes les mauvaises passions dont ils sont animés ! Genesvrier a mangé une belle fortune, très vite, et l'on ne sait trop comment. C'est un déclassé, et, j'ose le dire avec certitude, c'est un effroyable ambitieux.

Il y eut un silence. Maurice était pâle, et ses yeux, maintenant, me suppliaient. Mais l'âcreté du fiel me monta du cœur aux lèvres. Une force invincible me souleva.

— Je ne suis pas de votre avis, monsieur ! dis-je d'une voix claire, un peu tremblante et qui sonna haut dans le grand salon. Je connais monsieur Genesvrier, et je le tiens pour un très honnête homme.

Rébussat, étonné d'abord, sourit avec un charmant dédain :

— Vous êtes bien jeune, mademoiselle, et il est facile d'abuser une personne de votre âge, inexpérimentée, vibrante aux grands mots généreux.

— Mon oncle avait l'expérience des hommes. Il était vénéré par tous ceux qui l'approchaient, et il nommait Genesvrier son ami. C'est pourquoi, monsieur, je me fais un devoir de le défendre. Antoine Genesvrier est pauvre, parce que sa fortune a sauvé beaucoup de malheureux. Il n'a d'autre ambition que de faire œuvre utile. Il n'a souci que de la vérité.

Autour de moi je sentais s'étendre et s'appesantir le lourd silence hostile, l'inquiétude irritée de Maurice, la colère de madame de Nébriant. Rébussat, plissant ses lèvres minces, souriait d'une sourire aigu.

— Je vous félicite, mademoiselle, d'être fidèle à vos amitiés, si étranges qu'elles soient. Je respecte le sentiment... naïf qui vous anime. Mais ce cher Clairmont ne paraît pas convaincu...

— Mademoiselle de Riveyrac exagère, balbutia Maurice... Monsieur Antoine Genesvrier amusait monsieur de Riveyrac par sa manie de philanthropie, mais ils se fréquentaient peu.

— Il était son ami... comme il fut le vôtre, m'écriai-je, révoltée par cette veulerie qui me faisait presque haïr Clairmont. Ayez le courage de l'avouer, mon cher. Vous connaissez Genesvrier, vous lui serrez la main et vous savez, comme moi, que c'est un honnête homme. Pour moi, je me trouverais bien lâche de ne point dire ce que je pense.

— Assurément les opinions sont libres, dit froidement Rébussat. Vous avez tort de taire la vôtre, mon cher Clairmont... Mais laissons Genesvrier, ses vices et ses vertus, et prions madame Salmson de nous chanter ses délicieuses mélodies danoises. La musique « apaise, enchante et délie », comme dit notre Sully-Prudhomme... Chère madame...

Madame Salmson retirait ses longs gants. Elle se dirigea vers le piano ; les groupes se rompirent et se reformèrent. Je me trouvai seule près de mademoiselle Frémant.

— Ma chère enfant, me dit-elle à mi-voix, savez-vous ce que c'est qu'une gaffe ?

— Une maladresse involontaire... juste le contraire de ce que j'ai fait.

— Vous êtes brave. C'est très bien, mais savez-vous que votre bravoure peut coûter cher à monsieur Clairmont ? Rébussat a la rancune tenace. Il vous réunira dans son ressentiment, et la croix de notre cher poète est bien compromise.

— Un bout de ruban serait trop payé par une lâcheté. Je n'ai pu me taire. Mon cœur éclatait... Je vous supplie, mademoiselle, de réserver votre jugement sur Antoine Genesvrier...

L'émotion m'étouffa.

— Comme vous êtes pâle ! dit mademoiselle Frémant. Ah ! folle et généreuse enfant, que votre belle colère me fait plaisir ! Vous m'aviez plu, déjà. Depuis une heure, je vous aime... Mais, avec ce caractère, que faites-vous ici ? Vous n'êtes pas du monde. Nul ne vous y comprendra, tous vous jalouseront, et votre mari lui-même, — qui a des ambitions mal cachées ! — invoquera ses intérêts contre vos sentiments. Ah ! mademoiselle Hellé, qui ne savez ni vous taire prudemment ni mentir à votre pensée, vous êtes bonne à épouser Don Quichotte. Hâtez-vous d'arranger les choses. Il faut que Rébussat puisse pardonner à madame Clairmont les hardiesses de mademoiselle de Riveyrac... Notre pauvre poète ! a-t-il l'air ennuyé ?

La voix cristalline de madame Salmson se brisait en notes brillantes. Discrètement, je me levai, j'avertis la baronne que j'étais fort lasse et que j'allais me retirer.

Je me glissai, inaperçue, dans le petit salon, où une femme de chambre jeta sur mes épaules ma sortie de bal. Un valet était allé me chercher une voiture. Soudain Clairmont parut.

— Vous partez, Hellé, sans me dire adieu ?

— Oui.

— Pourtant, fit-il, j'ai quelques explications à vous demander.

— Je vous les donnerai demain.

— Êtes-vous folle? reprit-il, les dents serrées, l'œil méchant ; vous m'avez fait un tort irréparable, et vous vous êtes compromise, ridiculement... pour... pour un...

— Maurice, je vous attendrai demain et je vous dirai ce que je pense de votre attitude. Ma voiture est là. Je vous quitte. Ne vous donnez pas la peine de m'accompagner : monsieur le Ministre vous attend.

XXVII

Je n'étais pas encore sortie de ma chambre quand Maurice me fit demander. L'eau fraîche, en baignant mon visage, effaça les traces de l'insomnie qui m'avait torturée jusqu'à la pointe du jour. J'avais beaucoup pensé, cette nuit-là. J'avais fait le plus scrupuleux examen de conscience, et, me jugeant moi-même, j'avais jugé mon amour.

J'avais compris, enfin, pleinement, quelle illusion m'avait rapprochée de Maurice, quelles réalités m'en éloignaient. Dépouillé de son prestige moral, il ne gardait plus d'autre puissance que le charme tout matériel de ses yeux bleus, de son sourire, de sa voix. Mais, vierge, j'échappais à la domination de l'homme, aux surprises du désir qui n'avait été pour moi qu'un éveil incertain, inconscient, durable par la seule complicité de mon cœur, et qui, mon cœur se reprenant, devait s'abolir de lui-même.

J'imaginais les reproches de Maurice, sa justification, les excuses qui n'expliqueraient point sa piteuse attitude de la veille. Je savais que nous ne pourrions ni nous comprendre, ni nous réconcilier. Et je m'étonnais de si peu souffrir... Comme un fruit mûr tombe de la branche, l'illusion délicieuse se détachait de mon cœur, qui l'avait retenue et nourrie quelque temps. Ma volonté n'y pouvait rien. Et il me semblait que, depuis la veille, des jours innombrables s'étaient écoulés ; que Maurice, notre amour, nos fiançailles, étaient déjà loin de moi, dans les limbes du passé, où ce qui fut la réalité chère et vivante apparaît avec le flottement confus et la décoloration du songe.

Mon cœur eut un fort battement quand je me trouvai en face de Maurice. Il souffrait dans son orgueil, gêné peut-être par un remords, et d'autant plus irritable. Pourtant il me tendit la main.

— Vous devinez pourquoi je suis venu, à cette heure matinale? Je suis très troublé, très peiné, et j'attends de vous des explications.

— A propos de quoi? Ma conduite a été toute logique et naturelle. Je n'en dirai pas autant de la vôtre.

— Voilà bien une rouerie de femme, dit-il en fronçant le sourcil. Vous déplacez la question.

— Vraiment? Je voudrais bien savoir comment vous la posez.

Il était assis, le coude sur la table voisine, le pied frappant le tapis d'un mouvement nerveux.

— Vous vous moquez de moi, Hellé. Hier vous avez commis une imprudence qui peut avoir des suites fâcheuses. Vous m'avez fait un ennemi... Et puis vous m'avez cruellement offensé.

— Je vous ai offensé, moi?

— Ne faites pas l'innocente. Vous savez ce que je veux dire.

— Expliquez-vous.

— Parbleu ! ma chère amie, vous avez voulu faire parade de beaux sentiments que le monde n'apprécie pas comme vous pourriez le croire. Vous avez manqué de tact. Rébussat est blessé au vif. Il ne pardonnera pas.

— Avez-vous donc tant besoin de lui?... Ah ! oui, votre décoration vous semble compromise, cette précieuse décoration dont le prestige vous rendait, hier soir, sourd et muet.

— Vous vous moquez de moi. Le moment est mal choisi.

— Eh bien ! dis-je, irritée de sa mauvaise foi, je vous répondrai franchement, brutalement même ; cet entretien est plus grave que vous ne le pensez, et il ne doit y avoir aucune équivoque entre nous. Vous m'accusez d'avoir manqué de tact ; moi je vous accuse d'avoir manqué de loyauté. J'ai été imprudente, soit. Vous avez été faible et veule.

— J'ai fait ce que tout homme bien élevé doit faire en pareil cas. J'ai correctement gardé le silence.

— Il y a des cas où le silence est une lâcheté.

— Hellé !

— En vous taisant, vous vous êtes fait le complice d'une calomnie. Vous avez agi en homme bien élevé? J'aurais préféré vous voir agir en homme, fût-ce au détriment de la correction, de la prudence et de vos intérêts.

— J'ai fait ce qu'il m'a plu de faire. Et si je n'ai point défendu Genesvrier, c'est que j'avais de bonnes raisons pour me taire.

— Je voudrais bien les connaître, ces raisons.

— Ne souhaitez pas que je vous les dise toutes.

— Je ne crains pas la vérité.

— Vous avez tort.

— Parlerez-vous? dis-je enfin, après un silence.

D'une voix sourde, il répondit :

— Tant pis ! vous l'aurez voulu.

— Eh bien?

— Eh bien ! votre cher ami Antoine Genesvrier n'est pas le héros impeccable que vous admirez béatement. Il court sur lui toute espèce de bruits... Parbleu ! il est malin, très malin, très fort, mais pas assez pour qu'on ne puisse deviner ses manœuvres.

— Que voulez-vous dire ?

Il sourit avec une ironie méchante.

— J'ai pitié de vos illusions, Hellé. Vous vous croyez très sage, et vous êtes prodigieusement naïve. Mais sachant ce que je savais, devant votre culte pour votre ébauche de grand homme, je me suis tu, par charité, par délicatesse.

— Peu m'importe votre délicatesse et votre charité ! Vous en avez trop dit ou trop peu, Maurice. Il faut aller jusqu'au bout.

— Apprenez donc que je trouve un peu excessive votre amitié pour un homme qui s'est tranquillement joué de vous... Oh ! j'ai ouï dire bien des choses, depuis quelques jours !... Vous avez cru qu'il admirait votre haute intelligence, et peut-

IL ÉTAIT ASSIS...

être, flattée dans votre orgueil d'avoir conquis ce héros invincible pour toute autre femme, vous avez pensé avec joie qu'il vous aimait d'amour... Pauvre Hellé ! la vie achève à vos dépens votre instruction.

— Que savez-vous ? Parlez !

— Vous regretterez votre insistance. J'aurais voulu attendre et vous détromper plus tard.

— Parlez, je l'exige !

— Il a fallu que vous fussiez bien... ingénue (ce qui est excusable et même honorable, à votre âge), pour ne pas comprendre qu'on guignait votre fortune. Il fallait consolider les entreprises philanthropiques et l'*Avenir social* ! Mais ceci ne serait rien encore. Antoine Genesvrier vous a gravement manqué de respect en introduisant chez vous cette Marie Lamirault, sa maîtresse, et l'enfant qu'il n'a pas reconnu.

Un nuage couvrit mes yeux. Je sentis mes nerfs se raidir, mon sang se figer ; mais, par une irrésistible impulsion, ma raison, mon cœur, mon instinct protestèrent :

— C'est impossible.

— Vous êtes seule à ignorer cette liaison. Marie Lamirault partageait ses bonnes grâces entre Genesvrier et Louis Florent. On me l'a dit, et je le crois. Quant à l'enfant...

— Antoine est incapable de m'avoir lâchement trompée. Je ne veux pas douter de lui.

— Vérifiez mes dires par une enquête.

Il parlait d'une voie si assurée, si triomphante, que j'eus un instant de faiblesse. Clairmont me vit blême, haletante, près de sangloter. Il ne maîtrisa plus sa colère :

— Cela vous trouble donc tant ! dit-il en me saisissant les poignets... Ah ! je ne me trompais pas ! Vous l'avez aimé, vous l'aimez !

— Moi ?

— Oui, vous l'aimez. Quelle femme êtes-vous donc ? Vous l'aimez, ce beau sire, cet excellent philanthrope, cet écrivain de génie, ce martyr !... Il fallait donc l'épouser, Hellé !

Je le repoussai, indignée :

— Je ne vous crois pas, je ne veux pas vous croire. Ce que vous faites est infâme. Allez-vous-en !

Il répétait :

— Vous l'aimez !... Imbécile que j'étais ! Dès le premier jour j'aurais dû m'en apercevoir. Vous buviez ses paroles...

— Vous n'avez pas de preuves... vous répétez d'ignobles calomnies... C'est indigne, indigne de vous.

Ivre de jalousie et de fureur, il cria :

— Vous n'êtes vraiment pas difficile, et j'aurais honte, — si je ne devais en rire, — j'aurais honte du rival que vous m'avez préféré... Il pourrait être plus séduisant, et plus jeune !... Enfin vous savez ce qu'il est, ce qu'il vaut, et qu'il ne répugne point au partage : s'il vous convient de régner sur son cœur en compagnie d'une...

— Taisez-vous, monsieur, pas un mot de plus ! Je ne suis plus votre fiancée, je suis une femme que vous insultez. Allez-vous-en !

— Prenez garde ! Si je sors, je ne rentrerai plus.

— Sortez !

Il partit en fermant violemment la porte de l'antichambre. J'entendis ses pas s'éloigner sur le gravier du jardin. Mais, au lieu de crier vers celui qui s'en allait avec les débris de mon premier rêve, je n'eus qu'une pensée, exaltée dans un sanglot :

— Antoine ne m'a pas trompée ainsi... Ce n'est pas vrai, ce n'est pas possible.

XXVIII

La Châtaigneraie me reçut, blessée et frémissante, entre ses murs hospitaliers. Les maisons où vécurent nos aïeux, où songea notre enfance, ont je ne sais quoi de maternel. Celui qui vient, en habits de deuil, y chercher refuge, sent la mystérieuse parenté des choses et se trouve moins orphelin.

Maurice m'avait écrit, quelques jours avant mon départ. Incapable de sentiments profonds, il n'admettait point que ces sentiments pussent exister chez les autres. Tout lui semblait réparable, et il se désolait de ma rancune, en attendant qu'il s'en consolât. Je prévoyais la facile et proche guérison de cette âme légère : Maurice ne pouvait aimer et souffrir que dans ses livres, et l'amour et la douleur n'étaient guère pour lui qu'une ivresse verbale. La lecture de ses lettres confirma mon opinion. Sans rien prouver, sans rien démentir, sans paraître comprendre que sa conduite m'eût indignée à juste titre, il me priait de tout oublier ; il me traitait en enfant boudeuse qu'une flatterie apaisera. Ma colère s'était dissipée, mais l'amour était bien mort.

Je tâchai de m'en expliquer avec Maurice. Je lui écrivis que je lui pardonnais sa violence, que je n'en gardais point de ressentiment, mais que j'avais reconnu trop clairement l'antagonisme de nos caractères. Madame Marboy voulut s'interposer alors. Confidente de Maurice, elle affirma que nous étions faits l'un pour l'autre, que je devais être indulgente. « Quand vous serez mariés, écrivait-elle, l'amour arrangera tout. »

Je devinais sa pensée et je complétais ses arguments ; elle croyait à la toute-puissance de l'amour qui donne à deux jeune gens nouvellement unis l'illusion de l'harmonie parfaite. Mais je n'ignorais pas qu'après le bref enchantement de la lune de miel, les époux redeviennent un homme et une femme différents par le caractère, les idées, les goûts. Loin d'avoir atteint à l'harmonie, ils commencent seulement à la créer, jour par jour, incertains de la réaliser jamais. Si quelques-uns y réussissent, la tâche est impossible à beaucoup d'entre eux, et c'est alors ou l'indifférence réciproque, ou l'intolérable enfer des querelles conjugales. Or, je savais par quels points mon âme resterait impénétrable à Maurice; je savais ce que je ne pourrais accepter de lui, quels éléments d'animosité demeureraient éternels et latents, à moins que l'un de nous, le plus rusé ou le plus fort, triomphât de l'autre en l'asservissant. Je répugnais à cette domination calculée qui eût fait de Maurice un fantoche à ma merci, et, d'autre part, je ne pouvais me soumettre à un homme qui ne me fût pas supérieur.

J'écrivis à madame Marboy ; je lui ouvris mon cœur. A ma grande surprise, elle me donna tous les torts, incriminant mon orgueil, mon indifférence, la sécheresse de ma nature. Je connus avec tristesse que nous ne parlions pas la même langue, que les mots amour et mariage n'avaient pas pour nous le même sens. Elle subissait l'antique influence de l'éducation qui fait la femme respectueuse de l'homme parce qu'il est l'homme, acceptant de la même main les caresses et le joug. Ce que j'appelais dignité humaine, sentiment légitime de la personnalité, elle l'appelait orgueil. Ce que j'appelais véritable harmonie, elle l'appelait rêverie creuse et ridicule chimère. Je jugeais Maurice sans malveillance, mais je l'estimais à sa valeur exacte. Il n'était point de ma race. Je ne pouvais l'aimer.

Quand madame Marboy comprit que la rupture était définitive, elle n'insista plus, mais elle ne put dissimuler son mécontentement. J'étais une égoïste, une exaltée. Je n'étais plus la fille de son cœur.

Ce fut alors que je partis pour la Châtaigneraie. Quand le train qui m'emportait s'ébranla, je me sentis affreusement seule, tous les liens de famille et d'amitié étant rompus. Je songeais à Genesvrier... Hélas ! les insinuations de Maurice, malgré moi, troublaient mon âme et paralysaient ma volonté. Je ne voulais ni voir Antoine, ni lui écrire avant d'avoir conquis la sérénité ou la résignation.

Durant de longs jours je créai en moi une paix factice par une vie presque conventuelle. Mon oncle avait laissé quelques livres dans une caisse heureusement respectée des rats. C'étaient des éditions sans valeur de classiques français et latins, les mêmes qui avaient servi pour mes études. La nuit, pendant que gémissait le vent d'hiver, j'essayais de retrouver mes émotions d'adolescente. Mais je ne tardais pas à connaître l'artifice de mon effort. Ma volonté se détendit. Je sombrai dans le rêve.

L'hiver, clément dans ces régions, touchait à sa fin. Assise dans une des chambres du premier étage, près de la fenêtre aux pâles mousselines, je regardais descendre à l'horizon les gazes de la pluie ou du brouillard. Il n'y avait plus de fleurs dans le jardin et, seules, subsistaient les verdures sombres des buis, des lierres, des ifs, tristes et graves comme les tombeaux qu'ils ornent. Parfois, quand cessaient les averses, je demeurais des heures sans mouvement, sans paroles, attentive aux aspects de la plaine modifiés perpétuellement par les aspects changeants du ciel. Ce n'était plus l'éclatante gamme des couleurs estivales ; c'était la gamme plus délicate des nuances, toutes les fines combinaisons du gris, du violet, du bleu, fondus dans une lumière tamisée, vaporeuse, qui enveloppait délicieusement les lointains. Au premier plan de ce vaste tableau, des champs labourés mettaient les taches plus vives d'un brun gras, d'un vert frais et mouillé. Mais la vraie beauté du paysage était toute dans les ciels, — dans les ciels bleus, comme trempés de lait, où nageaient les nuances avec des blancheurs et des mollesses de cygnes, — dans les ciels gris, variés du gris de plomb au gris de perle et du gris de lin au gris d'argent, — dans les ciels balayés de lourdes vapeurs ardoisées qui filent sous le vent avec les oiseaux migrateurs, ciels inquiétants, ciels tourmentés comme la vie.

Le premier perce-neige ouvrit enfin sur la lisière des bois sa corolle d'un blanc verdâtre. J'allai guetter, entre les branches mortes et les feuilles pourries, l'éveil de la fleur puérile que l'oncle Sylvain m'avait fait aimer. Le soleil était bien pâle encore, mais c'était déjà le vrai soleil, et non plus l'astre hivernal qui voile de brume sa face morne. Dans les clairières bleues montait toute droite la fumée des feux de bûcherons. La brise était tombée. On respirait le printemps.

Je m'étais assise sur un talus couvert

PRÈS DE LA FENÊTRE

AUX PALES MOUSSELINES...

d'herbe sèche, tout près d'un champ ensemencé où tournoyaient des corbeaux rauques. Ma poitrine se gonflait doucement, fortement, par des aspirations régulières et puissantes, et cela me faisait mal comme une volupté. J'aurais voulu ouvrir les bras, étreindre la nature, toute la terre, tout le ciel dans un embrassement infini. Et suffoquant de désir inconnu, de regret, de mélancolie, je m'aperçus que je pleurais.

Mais ce n'était pas sur Maurice, perdu pour moi et volontairement perdu que coulaient ces pleurs nostalgiques. Je savais trop bien que je n'avais pas aimé, que j'avais chéri un mirage plus brillant, plus insaisissable que les mirages prismatiques de la lumière dans la vapeur. Je sentais que l'amour était une réalité autrement puissante et terrible. Hélas! il avait passé près de moi, le grand amour. Ma jeunesse avait craint sa force austère ; elle avait poursuivi au loin son fantôme et son reflet. Maintenant il revenait en maître. Il frappait à mon cœur.

J'errai tout le jour, çà et là ; puis le soir, retirée dans ma chambre, j'ouvris ce livre du *Pauvre*, que j'avais apporté intact.

Les heures s'égrenèrent dans la nuit. Ma lampe baissa ; j'allumai une bougie. Un rai de lumière pâle apparut entre les volets. Je fermai le livre. Il faisait jour.

MA POITRINE SE GONFLAIT BRUSQUEMENT...

Clairmont m'avait menti, ou bien, complaisamment, il avait répété un mensonge. C'en était fini des incertitudes, des doutes, de cette tristesse jalouse qui me torturait depuis des semaines et que je n'osais m'avouer. J'avais, à travers son œuvre, interrogé la grande âme d'Antoine. Elle m'avait répondu. Ah! comme je l'évoquais, comme je la sentais proche, dans les pages sublimes de ce livre tout brûlant de sa foi, tout vibrant de sa souffrance, tout attendri de sa pitié ! Elle appelait mon âme, elle l'exhortait vers les hautes régions éblouissantes où l'amour humain, au-dessus des égoïsmes, des vanités, des voluptés, monte, s'élargit, s'illumine et plane dans l'éternel.

XXIX

Quand j'arrivai à la porte de la mairie, j'aperçus l'affiche qui portait en grosses lettres ces mots : *Auditions et Conférences populaires*. Depuis que j'étais revenue à Paris, — depuis trois jours, — j'avais médité cette escapade accomplie à l'insu de tous, dans le lointain faubourg où je ne connaissais personne. Partagée entre des sentiments contradictoires, je n'avais pas osé me présenter chez Antoine, ni lui écrire, et je mourais du désir de le revoir.

Vêtue d'une robe sombre, enveloppée d'une pelisse qui dissimulait ma taille, d'une voilette qui dissimulait mes traits, je devais ressembler à quelque pauvre institutrice, venue pour chercher un divertissement utile et gratuit. Des gens entraient sous le péristyle de la mairie. Je les suivis, à tout hasard.

Je me trouvai bientôt dans une grande salle nue, qui avait l'aspect d'une salle d'école avec ses chaises de paille et ses rangées de bancs. Au fond, le buste en plâtre de la République dominait une petite estrade. Cette estrade supportait un piano droit, deux pupitres à musique, une table couverte d'un tapis vert. Une demi-douzaine de jeunes gens et deux femmes occupaient les chaises, et je compris que c'étaient des artistes improvisés qui s'employaient à instruire

VÊTUE D'UNE ROBE SOMBRE...

et à réjouir un auditoire d'ignorants et de pauvres. L'une des femmes, très jeune, avait un frais visage couronné de cheveux bruns. L'autre, plutôt vieille, presque laide, souriait avec un air de bonté. Leurs compagnons portaient la marque spéciale qu'impriment les métiers littéraires et le professorat. Ils avaient des traits fatigués, des yeux vagues de myope, des redingotes usées, des cravates noires, des gestes oratoires et descriptifs.

Peu à peu, la salle se remplissait. Je reconnaissais le public dont Genesvrier m'avait fait connaître quelques types, public mêlé, varié, pittoresque, qu'on ne trouve qu'à Paris. C'étaient des employés avec leur famille ; de vieux messieurs propres et râpés, à barbe blanche, des hommes de lettres, des artistes, et nombre de jeunes ouvriers appartenant à cette élite du prolétariat un peu éduquée par les métiers de science et d'art, assidue aux cours du soir, aux bibliothèques municipales. Ceux-là, sans doute, dans un autre milieu social, eussent acquis le développement intellectuel réservé aux jeunes hommes de la bourgeoisie, qui, même pauvres, ont le loisir des longues études, le bénéfice d'une éducation plus délicate. Ils représentaient, évidemment, la jeune fleur du peuple, des types encore exceptionnels. Beaucoup de leurs camarades devaient se prélasser à cette heure, devant des tables de cafés ou des billards dans une atmosphère de tabac, de jurons et de gros rires.

Le public féminin, plus encore, m'intéressa. Je remarquai des ouvrières, venues avec leurs frères ou leurs amis. Leurs métiers, n'exigeant qu'un apprentissage tout matériel, avaient dû exercer seulement leurs doigts et cet instinct spécial aux femmes qui est comme l'embryon du sentiment esthétique. Combien différentes de leurs voisines, filles et femmes de vingt-cinq à trente ans, au visage grave, au teint fané, aux yeux brillants d'intelligence ! C'étaient des institutrices, des employées d'administration, instruites, bien élevées, bourgeoises par les origines et les habitudes, déclassées par la pauvreté et le travail. Celles-là, à qui la médiocrité de leur fortune interdisait les théâtres et les salons, trouvaient ici une compensation aux tâches routinières, aux mesquineries de leur condition. Elles apportaient aux

JE REMARQUAI DES OUVRIÈRES...

conférences des sensibilités plus fines, des esprits facilement ouverts aux émotions d'art.

La salle était presque pleine. Je m'assis à l'angle du dernier banc, près du mur, songeant à part moi aux réceptions de madame de Nébriant, aux dîners unicolores. Avec quel dédain compatissant la baronne et ses convives eussent considéré les gens qui m'entouraient !

J'écoutais les dialogues, j'observais les physionomies, je surprenais les impressions.

— C'était beau, la dernière fois.

— Il y avait un peu trop de musique pour mon goût. J'aime mieux la poésie.

— Oh ! la musique, disait une femme, ça fait pleurer.

— C'est monsieur Genesvrier qui parlera ce soir ?

— Oui ?

— Ah ! veine ! fit une modiste de vingt ans... au moins on l'entend, celui-là ! C'est pas comme le jeune qui bredouille.

— M'sieu Saintis ?

— Oui. Il est bien gentil, mais y a pas à dire, il bredouille.

— La demoiselle en rose va chanter.

— Elle a une voix, une voix !...

— J'aime bien quand c'est triste, dit la femme qui avait déjà parlé.

— C'est aussi joli qu'au théâtre, et puis ça ne coûte rien... Tiens, madame Peyron, vous êtes là ?

— C'est à cause de mon fils. Moi, vous comprenez, c'est trop savant pour moi ou bien je suis trop vieille pour comprendre. Eugène, lui, il a de l'instruction; il est toujours dans les livres. De mon temps, c'était pas comme ça.

— Et votre aîné ?

— Toujours gouape... Ah ! celui-là, ce qu'il s'en moque de la musique !

— Vous avez pas de chance avec lui. Heureusement que vous avez Eugène.

— Faut les prendre comme y sont. Eugène, c'est un bon sujet, un garçon comme il n'y en a pas deux. Ferdinand est bien plus dur... mais pas méchant, vous savez.

Un jeune homme et une vieille dame causaient derrière moi :

— Celui-là, à droite, c'est monsieur Saintis. Je le connais. Il a été professeur de philosophie en province. Il fait du journalisme maintenant... L'autre, celui qui a de grands cheveux, c'est Mariot, de la *Revue rouge*.

— Un poète ?

— Oui, madame. Et la jeune fille en rose, c'est mademoiselle Dumesnil.

— Une actrice ?

— Non, la fille d'un sculpteur. Tenez, le père Dumesnil est ici, au second rang.

— Et l'autre dame ?

— Elle tient le piano, mais elle n'est pas pianiste de métier. C'est une féministe. Marie Chauvel, la conférencière.

— Et monsieur Genesvrier ?

— Il est en retard... Il doit venir avec Louis Grannis.

— Le célèbre Grannis ?

— Le poète Grannis lui-même. Il s'intéresse beaucoup à ces auditions.

— Vous connaissez monsieur Genesvrier ?

— Oui, madame. Je suis étudiant en médecine. J'ai connu monsieur Genesvrier chez un ami malade, que je soignais.

— Et que pensez-vous de lui ?

— Je l'admire, madame, je l'admire infiniment.

—J'ai lu un journal où l'on disait du mal de lui.

— Tous les hommes supérieurs ont des ennemis. Antoine Genesvrier est très aimé par la jeunesse. C'est un apôtre, c'est une âme antique ! Et quel grand écrivain. Vous avez lu le *Pauvre*, madame?

— Non.

— Il faut lire cela... Regardez, voici Genesvrier qui entre avec Grannis. Grannis, c'est le plus âgé, celui qui est décoré.

— Il est académicien?

— Oui, madame.

— Ah ! fit la dame avec vénération.

Le gaz surchauffait l'atmosphère. Je relevai ma voilette pour regarder. Antoine était déjà sur l'estrade. Dans la lumière crue qu'un abat-jour vert rabattait sur lui, son visage, jeune encore, m'apparut marqué des stigmates d'une fatigue qui l'avait vieilli en quelques mois.

Assis à la petite table, il parla. Il remercia Grannis d'être venu, et, sans emphase, sans obséquiosité, il rappela la glorieuse carrière du poète. Puis il raconta en quelques mots l'histoire de ces conférences, les difficultés vaincues, les enthousiasmes suscités, les collaborateurs affluant en foule.

Ce préambule terminé, Antoine feuilleta les papiers étalés devant lui et lut une brève notice sur une symphonie de Beethoven, dont madame Chauvel devait jouer l'andante. J'admirai l'art qu'il avait mis à choisir les termes de son discours, pour exprimer le plus clairement possible le caractère du fragment musical. C'était un morceau assez court, composé de phrases mélodiques si larges, si pures, que la beauté en était accessible à presque tous les auditeurs. Pour chaque numéro du programme, la même petite cérémonie se répéta : une scène de *Jules César*, de Shakespeare, la lecture d'une très belle page de Michelet, la *Mort du Loup*, de Vigny, le monologue de don César de Bazan au quatrième acte de *Ruy Blas*, un quatuor de Haydn, émurent l'auditoire masculin. Les femmes applaudirent, de préférence, des fragments de l'*Orphée* de Gluck, un nocturne de Chopin, quelques pièces de poésie tendres et élégiaques, et la fameuse scène du *Dépit amoureux*. Mais quand Louis Grannis se leva et lut lui-même le plus populaire de ses poèmes, le public de la salle et celui de l'estrade s'associèrent spontanément pour lui faire une chaude et touchante ovation. Alors l'académicien s'avança jusqu'au bord de l'estrade, et fit signe qu'il voulait parler.

Il remercia d'abord avec une émotion visible, puis il dit sa joie, sa surprise, à constater un essai de rapprochement entre les artistes et le peuple, et il rendit hommage à l'instigateur de ce rapprochement, à l'homme de bien, à l'homme de talent que les mandarins de la littérature et les aventuriers de la politique pouvaient méconnaître, mais que tous les gens de cœur applaudissaient, encourageaient, car il faisait œuvre de justice en initiant le peuple à la beauté.

« Les théâtres sont inaccessibles aux pauvres ; les livres sont incompréhensibles aux ignorants. L'art existe seulement pour une élite qui lui demande tantôt des jouissances et tantôt des consolations. Ce sont ces consolations et ces jouissances que monsieur Antoine Genesvrier vous offre ; et il vous enseigne à les comprendre, à les goûter. Il extrait pour vous, du vaste trésor artistique, patrimoine du genre humain, les parcelles les plus parfaites, les plus pures, les plus facilement assimilables. Ceux d'entre vous qui, par d'heureuses dispositions intellectuelles ou un degré de culture supérieur, goûtent déjà ces nobles plaisirs, s'associeront à l'effort de monsieur Genesvrier et de ses collaborateurs. Ils seront les agents d'une féconde propagande ; ils initieront leurs camarades moins favorisés. Artisans, ouvriers, vous trouverez ici, mieux qu'au cabaret, mieux qu'au brutal spectacle des cafés-concerts, le délassement du labeur quotidien, l'oubli de la vie dure et médiocre, l'émotion sacrée, la gaieté qui n'avilit pas. Vous apprendrez à connaître ces hommes qui travaillent et luttent comme vous et que vous traitez en étrangers, en « bourgeois », sans vous apercevoir que leurs vœux tendent à réaliser les vôtres. Eux-mêmes, à leur tour, artistes, écrivains, ouvriers de la pensée, renouvelleront, rajeuniront leur talent au contact de l'âme populaire.

» Je ne puis vous dire, mesdames et messieurs, avec quel sentiment de joie et de confiance je quitterai cette salle, où j'ai entrevu l'alliance de l'art et de la vie, l'oubli des haines sociales par la fraternisation des intelligences, qui promet la fraternité des cœurs et l'ébauche des grandes fêtes futures où communiera l'humanité. »

Je n'attendis pas que le flot des visiteurs, par la porte rouverte toute grande, se précipitât. Baissant ma voilette, ramenant sur ma poitrine les plis de mon manteau, je glissai à travers le vestibule comme une ombre. Le noir et le vide des rues, à cette heure tardive, me firent peur.

Je hélai une voiture et me fis conduire chez moi.

Dès que j'eus changé de vêtements, sans réveiller Babette, je descendis au rez-de-chaussée et j'ouvris la porte de la bibliothèque, où je n'étais pas entrée depuis tant de jours. Une bouffée d'air froid me fit frissonner sous mon peignoir et agita la double flamme du candélabre que j'élevais au-dessus de ma tête en avançant.

Je posai le flambeau sur la table, et, debout, appuyée au fauteuil, je regardai les yeux vacillants de la lumière projeter jusqu'au plafond la silhouette bizarre des meubles, la forme exagérée du buste de Platon. Sur la haute cheminée, presque au niveau de mes cheveux, la Pallas d'Olympie continuait sa méditation. L'aspect de la pièce me parut nouveau, étrange, quasi surnaturel. Une moiteur légère perla sur mes tempes, à la racine de mes cheveux, mais je surmontai cette défaillance. Les mains jointes comme pour la prière, j'appelai de toutes les silencieuses voix de l'âme l'Ombre que j'étais venue invoquer.

« Si quelque chose de vous survit, ô mon cher oncle, si la pensée de votre enfant peut s'unir à votre pensée devenue, hors des liens du corps, votre réalité immortelle, n'est-ce pas entre ces murs, parmi ces choses vénérables où se complut votre prédilection ? Et si cette pensée même, comme meurt la flamme avec la lampe, fut dissoute dans la matière avec le corps qu'elle anima, ici je puis vous ressusciter par le miracle de la tendresse, dans la seconde vie du souvenir.

JE REGARDAI LES YEUX VACILLANTS DE LA LUMIÈRE...

» Voici l'heure décisive de mon existence, l'heure prévue et redoutée, lorsque, parmi les fleurs de la Châtaigneraie, vous m'enseignâtes le sens de ma vie et la loi du futur amour. Cette loi, je la pressentais à peine quand, devant la splendeur du soir sur les champs, devant l'éveil de l'aube sur la ville, je dédiai ma virginité au héros annoncé par vous.

» Vous rêviez à lui dès mon enfance, en m'expliquant Plutarque sous le vieux figuier. C'est pour lui que vous m'avez faite sage, forte et pure ; c'est pour lui que vous avez taillé, dans un marbre incorruptible, la statue idéale qu'il devait animer en la touchant.

» O mon père, ô mon maître, il est venu, le héros. J'avais cru le reconnaître sous une forme mensongère, et la route que j'allais prendre m'eût à jamais éloignée de lui. Éclairée enfin, je reviens à celui que vous auriez élu dans le secret de votre âme, à celui qui, pauvre et méconnu des hommes, a su vivre une vie supérieure et créer en soi-même un demi-dieu.

» Sa présence m'avait frappée de crainte. Je ne savais pas que je l'aimais. Mais, parmi les autres hommes, je sentais ma solitude ; je trouvais le désert partout où il n'était pas. Exilée dans un monde étranger, subissant sans la comprendre une mystérieuse nostalgie, j'ai vu peu à peu surgir à travers mes troubles et mes tristesses sa beauté, sa grandeur, sa force. Et votre prédiction fut accomplie : j'arrivai à l'amour par l'admiration.

» Une rumeur a passé dans le nocturne silence ; la double flamme palpite sous un souffle de l'au-delà. Maître, Père, est-ce vous ? Est-ce votre âme qui descend de l'Étoile mystique ou qui monte du noir séjour des morts ? Bénissez votre fille qui s'éveille d'un songe de vingt ans et s'en va, au bras de l'élu, vers la vie. »

XXX

— Mademoiselle Hellé ! s'écria Marie Lamirault, ouvrant la porte de Genesvrier... En voilà une surprise ! C'est monsieur Antoine qui sera content !

— Il est là, Marie ?

— Non, mademoiselle, mais il va rentrer... Vous savez, je viens l'après-midi faire le ménage, entrez! Le petit Pierre est ici. Il joue dans le corridor. Viens, Pierrot, viens, mon petit homme.

Le gros bambin se pendait à ma robe : je le pris dans mes bras et je l'emportai jusque dans le cabinet d'Antoine, où la mère, riant de plaisir, me suivit.

— Mademoiselle a un peu pâli... Ah ! j'ai bien pensé à mademoiselle, à Babette, à la maison de là-bas, et à ce pauvre monsieur Sylvain, qui était si bon !

— Et votre travail, Marie ?

— Ça va, comme ci, comme ça, pas trop fort. J'en profite pour tenir un peu la maison de monsieur Antoine, à cause qu'il est mon voisin. Je viens quand il n'est pas là, parce qu'il n'aime pas que je le dérange.

Le petit Pierre, qui ne me reconnaissait plus, me regardait d'un air inquiet. Je soulevai les boucles brunes qui retombaient sur son front, et longuement je le contemplai, — non pour écarter un doute qui n'effleurait plus mon cœur, mais pour savourer la certitude. Je contemplai ce joli visage mat et rosé qui reproduisait les traits maternels, et les yeux espiègles, d'un beau vert bleu, et tout pareils, m'avait dit Marie, aux yeux de Louis Florent. Une joie délicieuse m'envahit, et j'embrassai le petit Pierre.

— N'est-ce pas, mademoiselle, il a bien grandi ? Il est beau.

— Très beau, Marie, il vous ressemblera. Cher Pierrot ! il ne me reconnaît plus. C'est que je l'ai un peu négligé cet hiver. Nous redeviendrons amis, nous reprendrons nos bonnes habitudes... puisque je ne me marie pas.

— Alors, murmura Marie, c'est vrai que...

— Oui, c'est vrai. Je reste fille, ma bonne Marie, à moins que je ne trouve un mari qui me convienne tout à fait... A propos, parlez-moi de monsieur Antoine. Comment va-t-il ?

— Assez bien, mademoiselle. Il se donne beaucoup de mal avec ses livres. Et puis il a eu de l'ennui, naturellement.

— Dites-moi la vérité, Marie, il le faut, monsieur Genesvrier vous a-t-il parlé de moi ?

— Oui... il m'a demandé si j'avais de vos nouvelles, par Babette. Il espérait tous les jours une lettre. Oh ! il était bien inquiet.

— Et madame Marboy ?

— Elle est venue voir monsieur Genesvrier. Je le sais parce que j'étais là. Je crois qu'ils sont un peu fâchés ensemble.

— Bon, nous arrangerons cela. Mais faites comme si je n'étais pas ici ; achevez votre ouvrage.

— C'est tout fini, mademoiselle, j'allais m'en aller.

— Eh bien, partez, j'attendrai monsieur Antoine.

Elle habilla son fils, me souhaita le bonjour et s'en alla.

J'étais seule chez Antoine, dans ce petit logement où j'avais passé près de lui des heures studieuses et douces, où j'avais apporté l'amour et laissé la douleur. Comme au jour lointain de ma première visite, la claire lumière de mars, par les vitres hautes, entrait largement. La bande de moineaux pépiait dans les jardins du presbytère. La grosse lampe de cuivre était toute prête sur la table de travail; les livres étageaient leurs reliures multicolores. Sur le marbre noir de la cheminée, l'*Esclave* de Michel-Ange gonflait ses muscles douloureux en face du cadre brun où le génie de la Mélancolie fermait ses ailes lasses et songeait, couronné d'ache et de verveine.

Une paix monastique régnait en ce lieu, ce silence que j'aimais, favorable à l'étude, au rêve, au chaste secret des fortes amours. Avec quelle joie intime et délicieuse je retrouvais les meubles de chêne bruni, la tenture verdâtre, la fraîcheur des nattes sur le carreau usé ! Longtemps, longtemps j'attendis. Le soleil s'abaissa. Six heures sonnèrent à Saint-Étienne.

Enfin une clef tourna dans la serrure, des pas retentirent, la porte s'ouvrit, et, sur le seuil, en face de moi, je vis Antoine.

Il restait pétrifié. Élancée à demi vers lui, je ne trouvais point de paroles. Nous étions face à face, muets dans un silence où nous aurions pu entendre le double battement rythmique de nos cœurs.

— Que se passe-t-il, Hellé ? demanda-t-il enfin d'une voix altérée... Avez-vous besoin de moi ? Parlez librement.

— Je suis à Paris depuis quatre jours... Je n'ai pas osé venir, et je ne voulais pas écrire... Aujourd'hui enfin...

L'anxiété creusait le pli de son front. Il posa son chapeau sur la table et revint s'asseoir près de moi.

— Parlez. Je suis tout à vous, malgré votre cruel, votre inexplicable silence, que je ne savais comment interpréter. Quoi que vous ayez à me dire, souvenez-vous que je suis votre ami.

Le sentiment de ce qu'il avait souffert par moi oppressa mon âme, devant ce visage stoïque, mais strié de rides fines et pâli par les nuits d'angoisses muettes, par les jours de travail acharné, par le drame ignoré de la douleur.

J'ÉTAIS SEULE...

— Hellé, reprit-il doucement, j'ai ouï dire des choses étranges... Vous avez rompu vos fiançailles avec Clairmont ?

Je fis un signe affirmatif.

— Madame Marboy me l'a raconté, et je n'ai rien compris aux commentaires dont elle accompagnait son récit... Elle m'a presque accusé d'être intervenu dans vos amours, de vous avoir poussé à la révolte. Elle parlait par allusions mystérieuses et semblait ne dire les choses qu'à moitié. Je ne sais rien de plus, Hellé. Marie Lamirault m'a appris votre départ. J'ai été mille fois tenté de vous écrire ; mais vous m'aviez promis une lettre qui n'arrivait pas, et, je vous l'avoue, j'ai eu peur... Ah! j'ai vécu trois mois de cauchemar, ma pauvre amie !

Des larmes montèrent à mes yeux. Il me considérait en silence.

— Vous pleurez ! dit-il... Qu'avez-vous fait, imprudente ? Par quel caprice avez-vous détruit un bonheur que vous regrettez sans doute ? Vous pleurez, donc vous aimez encore, et je devine...

Je secouai la tête.

— Ah ! dit-il avec un sourire navré, vous que je croyais sage et forte, l'amour vous ramène des chagrins d'enfant. Vous boudez contre votre cœur... Mais qu'avez-vous donc, Hellé ? Votre peine est donc si vive ? Vous ne pouvez parler ? Eh bien ! pleurez, si cela vous fait du bien. Je ne vous questionnerai pas davantage. Je sais seulement que vous êtes malheureuse, et que je voudrais vous consoler. N'étais-je pas, naguère, votre meilleur ami ? Comme vous êtes maigrie et pâle, mon enfant !

Bouleversée par l'émotion, la tête perdue, ne sachant plus que dire, je cachais mon front dans mes mains. Il les écarta, comme pour m'encourager aux confidences, et je vis resplendir sur son visage la beauté poignante de l'amour et de la pitié. Nous nous taisions tous deux, mais, d'un mouvement gauche et tendre que je ne calculai pas, je voulus détourner la tête, et je rencontrai l'épaule d'Antoine où j'appuyai mon front rougissant.

Il balbutiait :

— Hellé...

Je le sentis frémir tout entier... Sa main, impérieuse et apaisante, pesa doucement sur mes cheveux.

— Dites-moi tout, amie ! (Sa voix basse tremblait un peu.) Je n'ai point changé. Plus qu'autrefois, s'il est possible, je vous veux heureuse, ardemment. Votre oncle ne vous a-t-il pas confiée à ma tendresse ? Vous savez que je n'ai point de rancune... et que je vous aime toujours... Et c'est justement parce que je vous aime que je compatis à votre détresse. Je ne puis vous voir pleurer, cela me fait mal, et pourtant ! Ces larmes qui coulent pour un autre, ces larmes qui me brûlent le cœur, ah ! Hellé, c'est avec une joie amère, étrange, que je vous les vois verser près de moi. Si vous êtes accourue ici, dans le paroxysme de la tristesse, c'est que je ne suis pas devenu pour vous un étranger. Hélas ! ma pauvre petite, je suis bien impuissant et malhabile à vous consoler, Je parle mal. Les mots me trahissent... Hellé, Hellé, est-ce bien vous ? Je ne puis croire à votre présence... Demain, quand vous aurez oublié votre chagrin et ces larmes et celui qui n'osa point les essuyer, demain se refermera pour jamais le cercle de mes rêves solitaires. Je vous chercherai dans ma maison où je n'espérais plus vous revoir... où sans doute vous ne reviendrez plus... Et je souffrirai. Hélas ! je ne suis qu'un homme, et je connais ces crises qui détendent le plus mâle courage, la plus ferme volonté... Mais je vous aurai revue, amie. J'aurai touché ces petites mains, ces cheveux blonds... Ah ! pleurez longtemps, restez longtemps ainsi... si vous saviez... La vie, la vie inclémente me donne, en cette brève minute, plus que je n'osais lui demander !

Mes larmes, non plus âcres, mais délicieuses, coulaient toujours, prolongeant l'erreur de Genesvrier. Gagné peu à peu par mon trouble, il révélait sa passion en d'involontaires aveux dont l'accent inconnu me surprenait dans cette bouche. Il ne songeait plus à me demander le récit que je ne songeais plus à lui faire. La nouveauté des émotions qui nous agitaient, le langage passionné d'Antoine, sa voix, son regard, son contact me jetaient dans une sorte de vertige. « Est-ce bien l'impassible Genesvrier ? » me disais-je, oubliant qu'il pouvait me répondre : « Est-ce bien la froide Hellé ? »

Je relevai la tête, nos regards se rencontrèrent...

— Antoine ! vous m'aimez encore, vous m'aimerez toujours !

Cri de joie qu'il prit pour l'explosion vaniteuse du triomphe féminin. Ce cri fouetta sa fierté. Il devint pâle; ses lèvres se serrèrent :

— Je ne pensais point que cela dût tant vous réjouir !

Sa main s'ouvrit, libérant ma main que je ne retirai pas. Alors je me laissai glisser à genoux, sur la natte fine, et, sou-

ET JE RENCONTRAI L'ÉPAULE D'ANTOINE...

riant à travers mes pleurs, je murmurai :

— Que votre amour me réjouisse, Antoine, ah ! vous n'en pouvez douter. Regardez-moi bien, voyez mon trouble, ma honte, ma joie... Comment formuler ce que je voudrais dire ? Ne savez-vous plus deviner les cœurs ? Ne me demandez pas des détails que vous apprendrez plus tard, demain, quand nous aurons le loisir de parler des autres... Ce qui est arrivé ?... Oh ! c'est bien simple : j'ai cru aimer un homme charmant, faible, indécis et léger. A l'épreuve de la vie, je l'ai trouvé médiocre par le caractère, lâche devant les forts, injuste, inconscient, prêt à des compromissions que je réprouvais... J'ai reconnu que j'avais aimé en lui ma propre chimère, le vain mirage de mon incertain idéal... Et voici que j'ai brisé la chaîne fragile qui me liait à l'étranger, voici que je vous reviens, Antoine, pour rattacher, si vous le voulez encore, notre passé à notre avenir. Dans la retraite où j'ai vécu depuis deux mois, chaque jour, par la pensée, je me suis rapprochée de vous. Des ignorants ont pu vous méconnaître, et des misérables vous calomnier. Par la seule force de la vérité, vous m'êtes apparu tel que vous êtes, plus grand que tous les hommes, à la hauteur de mon rêve d'amour.

ALORS JE ME LAISSAI GLISSER A GENOUX...

Il restait stupéfait, sans paroles, n'osant comprendre, n'osant croire au bonheur inattendu qui le foudroyait.

— Antoine, regardez-moi ! Je suis près de vous, les larmes aux yeux, les mains jointes, vous offrant en toute humilité de cœur mon âme, ma personne, ma vie, vous suppliant de m'associer à votre œuvre, de m'élever à vous, de me pardonner.

Il cria :

— Hellé! Hellé, que je croyais perdue... Mon unique, mon éternel amour.

L'ombre se levait aux angles de la chambre. Elle effaçait les nuances, elle reculait les formes dans une vapeur cendrée et mystérieuse, comme pour isoler l'amour hors de la réalité. Tout près de nous, au-dessus du divan, je croyais distinguer encore le petit cadre, l'ange sombre d'Albert Dürer, la Mélancolie forte et grave en qui j'avais salué le génie de ce lieu. L'ombre gagna : le cadre disparut, l'ange symbolique s'évanouit dans les ténèbres où régna seul l'intrus divin, l'Amour. Et j'étais dans les bras d'Antoine. Il tenait, sur sa poitrine soulevée d'un grand souffle palpitant, la belle proie virginale enfin soumise et vaincue. Il possédait les yeux naguère impénétrables, la fleur ouverte des lèvres, la splendeur étincelante des cheveux. Lui-même rayonnait, beau de son bonheur, de sa force, de sa jeunesse ressuscitée, beau de son âme héroïque, — et dans l'ombre où nos yeux seuls brillaient encore, je reconnus celui que j'attendais.

XXXI

Je le ferme sur cette heure inoubliable, le livre de mes jeunes souvenirs, écrit dans la fraîcheur de l'air natal, dans le silence et les parfums de la Châtaigneraie, pendant le long mois de solitude où mon bien-aimé compagnon a dû voyager loin de moi.

Chaque année, je reviens ici, après l'austère et laborieux hiver, me retremper dans la fraîcheur de mes rêves d'enfance. Rien n'a changé, ni la maison vénérable, ni le jardin, ni le vieux puits où brille un disque frémissant sous un cercle de mousse humide, ni les marches auprès du mur où je m'asseyais le soir, dans l'or du couchant, pensive en souhaitant un surhumain amour.

Le figuier séculaire étend ses branches, et les grosses figues violettes tombent dans l'herbe avec un bruit doux. Un bel enfant les recueille une à une, et parfois me les montre en riant. Robuste et gai, révélant sa forte race, il a mes traits, mes yeux, avec de beaux cheveux sombres et le vaste front paternel.

Je te regarde, cher petit Antoine-Sylvain ; mon cœur maternel se gonfle de félicité, et je songe au mot prophétique écrit par Michelet au livre de l'*Amour* :

« C'est sans nul doute du plus haut amour volontaire que furent conçus les héros. »

Paris, mai-juillet 1898.

FIN

Joies d'Amour

PAR

GYP

Illustrations de LOUIS STRIMPL.

NOUVELLE COLLECTION ILLUSTRÉE
CALMANN-LÉVY

L'ouvrage complet, **95** centimes. Relié, **1** fr. **50**.

En Vente :

N° 1.	PIERRE LOTI . . . . *de l'Académie française.*	**Pêcheur d'Islande.**
N° 2.	ANATOLE FRANCE . . . . *de l'Académie française*	**Le Crime de Sylvestre Bonnard.**
N° 3.	LUDOVIC HALÉVY . . . . *de l'Académie française*	**La Famille Cardinal.**
N° 4.	FRANÇOIS COPPÉE . . . . *de l'Académie française*	**Le Coupable.**
N° 5.	JULES RENARD	**Poil de Carotte.**
N° 6.	RENÉ BAZIN. . . . . *de l'Académie française*	**Donatienne.**
N° 7.	ALEXANDRE DUMAS FILS *de l'Académie française*	**La Dame aux Camélias.**
N° 8.	GEORGES COURTELINE.	**Boubouroche.**
N° 9.	PIERRE VEBER ET WILLY . . .	**Une Passade.**
N° 10.	JULES LEMAITRE. . . . . *de l'Académie française*	**Les Rois.**
N° 11.	ANDRÉ THEURIET . . . . *de l'Académie française*	**L'Oncle Scipion.**
N° 12.	ALPHONSE DAUDET.	**L'Immortel.**
N° 13.	PROSPER MÉRIMÉE. . . . . . . *de l'Académie française*	**Diane de Turgis.**
N° 14.	GYP.	**Le Mariage de Chiffon.**
N° 15.	FRANÇOIS COPPÉE . . . . *de l'Académie française*	**Toute une Jeunesse.**
N° 16.	ABEL HERMANT	**Les Grands Bourgeois.**
N° 17.	HENRI DE RÉGNIER.	**Les Vacances d'un jeune homme sag**
N° 18.	GEORGES COURTELINE.	**Messieurs les Ronds-de-Cuir.**
N° 19.	OCTAVE FEUILLET . . . . *de l'Académie française*	**Le Roman d'un jeune homme pauvr**
N° 20.	MARCELLE TINAYRE.	**Avant l'Amour.**
N° 21.	RENÉ BOYLESVE.	**Le Parfum des Iles Borromées.**
N° 22.	ANDRÉ THEURIET . . . . *de l'Académie française*	**Amour d'Automne.**
N° 23.	EDMOND DE GONCOURT.	**La Fille Élisa.**
N° 24.	LÉON FRAPIÉ	**Marcelin Gayard.**
N° 25.	RENÉ BAZIN. . . . . *de l'Académie française*	**De toute son âme.**
N° 26.	ALPHONSE DAUDET.	**La Petite Paroisse.**
N° 27.	ABEL HERMANT	**Confession d'un Enfant d'hier.**
N° 28.	GEORGE SAND.	**Elle et Lui.**

Paris. — Imp. L. Pochy, 52, rue du Château. — 2-909.-09.

www.ingramcontent.com/pod-product-compliance
Lightning Source LLC
LaVergne TN
LVHW020324230826
846091LV00003B/755

* 9 7 8 2 3 2 9 2 8 4 0 1 9 *